出稼ぎ令嬢の婚約騒動４

次期公爵様は新婚生活を邪魔されたくなくて必死です。

黒　湖　ク　ロ　コ

K U R O K O　K U R O K O

一迅社文庫アイリス

CONTENTS

イリーナ
貧乏伯爵家の長女。
これまで身分を隠して色々な
貴族家で臨時仕事をし、その
働きぶりから、正規雇用したい
と熱望されることも多かった
少女。現在、憧れが高じて
「神様」として崇拝していた
ミハエルと結婚したばかり。
ミハエル
公爵家の嫡男。
眉目秀麗で、文武に優れた
青年。面白いことや人を驚
かせることが大好き。現在、
紆余曲折を経て婚約した
イリーナと結婚できたことで、
幸せを感じている。

出稼ぎ令嬢の婚約騒動 4

次期公爵様は新婚生活を邪魔されたくなくて必死です。

人物紹介

アセル

ミハエルの妹で、公爵家の次女。末っ子なため、甘えっ子気質なところがある少女。

ディアーナ

ミハエルの妹で、公爵家の長女。クールな見た目に反して、可愛いものが好きな少女。

アレクセイ

王都の学校に通っているイリーナの弟。尊敬する姉のことなら口がよく回る、社交的な少年。

イヴァン

イリーナの父であるカラエフ伯爵。虚弱体質で、記憶力がよすぎる男性。

レフ

カラエフ領の私兵団団長。イリーナに幼い頃から武術訓練を施していた男性。

オリガ

公爵家の優秀な侍女。現在、イリーナの傍付きをしている女性。

用語

神形 —みかたち—

動物の姿をした自然現象。氷でできた氷像が動くなど、人知を超えた現象であることから、神が作った人形と言われている。討伐せずに放置すると、災害が起こる。

カラエフ領

イリーナの実家がある領地。冬になると氷の神形が出没する、雪深い地域。

イラストレーション◆安野メイジ（SUZ）

出稼ぎ令嬢の婚約騒動４　次期公爵様は新婚生活を邪魔されたくなくて必死です。

Engagement capriccio of the working girl 4th

序章：出稼ぎ令嬢の新たなる日常

イリーナ・イヴァノヴナ・バーリンは、毎日ドキドキしていた。

……いや、ハラハラだろうか？　憧れのミハエルと結婚したばかりなのだから、ドキドキで表現としては合っている。そしてハラハラは新婚夫婦の日常を表す言葉としてはあまり適切ではない気がする。

しかしミハエルはザラトーイ王国で王の次に力があると言われているバーリン公爵家の嫡男。かたや私は、雪しかないと言われるような田舎出身の貧乏伯爵令嬢だった。貴族として完璧なミハエルとは違い、私は令嬢教育などほぼ受けていない。それどころか、隠れて出稼ぎをしていた。

そのため、ふとした拍子に粗相をしてしまい、ミハエルの顔に泥を塗ってしまうのではないかと、ハラハラしている次第なのだ。ミハエルは気にしなくていいと言ってくれているけれど、それはそれである。

ミハエルはとにかく美しい。月の光を映した銀の髪に青空を閉じ込めたような瞳の色をしている。でも美しいけれど背丈も筋肉もあり女性のそれとはまた別で、頼りない感じではない。

さらに文武両道で学校での成績もよく、今は武官として働いており、王太子からの覚えがめでたい。とにかく、そんな素晴らしいミハエル様の汚点になってはいけないと常に思っていた。何故ならば私は幼い頃、ミハエル様と出会い話したことがきっかけで前向きに生きられるようになったからだ。いわばミハエル様は人生の指針であり私の神様で――っと。脳内でミハエルを称える言葉があふれ出てきて私は首を振った。ミハエルがどれだけ素晴らしいかを考えていると、それだけで一日が終わってしまう。

話を戻すが、爵位的には結婚できる範囲内ではあるけれど、私とミハエルは釣り合いなど全然取れていない関係だった。神のごとく美しいミハエルに対して、私の外見は亜麻色の髪に灰色の瞳でいたって平凡で、絶世の美女というわけでもない。正直どうしてミハエルは私を選んだのかと思うほどの色んな意味での格差婚だ。むしろよく公爵が結婚を許したなと思ってしまう。

ただしそれを口にした瞬間、ミハエルの涙腺が崩壊するので、軽々しくは言えない。釣り合いは取れていないけれど、ミハエルからの愛だけは疑いようがないぐらい重いのだ。

「イーラ。またろくでもないことを考えていない？」

「えっ」

ぼんやりと思いにふけっていたのを、一緒にお茶をしていた義妹のディアーナに見抜かれてしまいドキリとする。ミハエルと同じ青い瞳で見つめられると何やら罪悪感のようなものを覚え、私はそっと目をそらした。

「そんなことは――」

「えっ。まさか実家に帰りたいとか、お兄様と離婚したいとか思っていないよね?!」

すると今度は反対側から同じく義妹のアセルが焦った顔で迫ってきた。

今は外なのでディアーナの銀髪も、アセルの蜜色の髪も帽子で一部隠れてしまっているが、それで二人の美しさが陰ることなどない。タイプの違う美女二人に囲まれた幸せいっぱいな空間なのに、何故こんなに微妙な空気になってしまったのか。

「確かにミーシャは、イーラのことになると、色々問題行動が多いと思うわ。でもその……色々気持ち悪いと思うこともあるかもしれないけれど、イーラのことを愛しているからこその行動なの」

「お兄様、愛が重すぎるもんね……」

「ち、違います。そんなとんでもないことは思っていませんから」

ミハエルは素晴らしい人物なので、自分には勿体ない相手だ。それでも私からは手放せないぐらいに愛している。だから私はミハエルを一生誘惑できるぐらいいい女になろうと目下努力中だ。

そもそもミハエルが問題で離婚したいなんてあり得ない。もしも離婚されるなら、私の至らなさが理由に決まっている。

「本当に？　イーラは時折私達の想像をはるかに超えたことをするから」

「そこが面白くて、私は好きだけどねぇ」

そんな姉妹の想像を超えたことなどしただろうか。最近やらかしたなぁと思ったのは、婚約早々に婚約者の屋敷でミハエルが婚約者だと知らずに使用人をしてしまったり、公爵子息の婚約者なのに内緒で男装して臨時討伐武官の仕事をしていたら異国の王女の護衛をすることになったり、着ぐるみを着てバレエを踊ったぐらいで……うん。私の想像も軽く超えていた。ただ一つ言わせていただければ、どれも色んな偶然が重なりあっておかしなことになっているだけで、私自身はいたって普通の人間である。

「でもお兄様を捨てるのは駄目だからね」

「捨てませんから。むしろ捨てられるなら、誰が考えても私の方ですよ？」

「「それは、ないから大丈夫」」

姉妹の言葉がシンクロした。

断言されると気恥ずかしいが、確かに今のところミハエルの愛は疑う余地がない。

「少し考えごとをしてしまったのは、今度のお茶会で粗相をしてしまわないか心配だったからです。私は使用人としてしか、お茶会などに出たことがありませんので」

社交界にデビューすることもなく、結婚してしまったための弊害だ。一応のやり方は学んでいるけれど、実践経験が浅いのであくまで一応である。

「何も気負うことはないわ。そのために私達がまだここにいるんですもの」

「そうそう。フォローは任せて。それに今度のお茶会は、今後イーラ姉様の力になってくれそうな若い人しか呼んでいないから」

「ありがとうございます。とても心強いです」

二人は本来なら私達の結婚式が終わったらすぐにご両親と一緒に公爵領に戻る予定だった。しかし私がいまだに茶会の一つも開いたことがなかったので、知人に私を紹介するために少しの間だけ残ってくれたのだ。

「そう言えば、私の結婚式の日取りが決まったわ」

「おめでとうございます」

たわいない会話をしていると、ディアーナが嬉しい報告をしてくれた。なんてことなさそうな口調だけれど、耳が赤いので気恥ずかしいのかもしれない。ディアーナは幼い頃からエリセイと婚約をしていて、とても仲睦まじいのは有名だ。年齢的にはどちらも成人しているのでいつでも結婚できたのだが、嫡男のミハエルが結婚してからと決めていたらしい。

「まあ、ずっと婚約者だったのだし、結婚したからといってさほど変わらないけど」

「そんなこと言って。お姉様、早く結婚したくてうずうずしていたくせに。エリセイお兄様は、王都勤めで忙しいから中々会えないんだよね」

エリセイはミハエルと同じ王都の武官だ。バーリン領が王都に近いとはいえ、頻繁に会うのは難しいだろう。むしろ王都の別宅に滞在していた方が会いやすいようだ。

「アセーリャ」

「ごめんなさーい」

からかわれているのが分かって低い声でディアーナが名を呼べば、アセルは笑いながら自分の口を両手で塞いだ。

「それでいつ頃結婚式を挙げるのですか？」

「王太子が夏に挙式をするから、ずらして秋ね。式には公爵令嬢として立ち会った方がよさそうだから」

王太子とミハエルは幼馴染であり、ディアーナ達も王家の人々と親しく交流をしているため、王太子の結婚式に出席することになるようだ。その際、公爵家として出席した方が何かとやりやすいのも分かる。

「へぇ……」

色々立場とかも考えて動かないといけないから大変だなと思った時だった。ガサリと小さな音が鳴った。風が立てた音とは違う、人の足音だ。今日は姉妹だけのお茶会で他の者は近づかないよう使用人に申しつけてあるので、本来ならば聞こえるはずがない。私は会話を止め、音に集中した。

足音の感じから、男。しかも複数人。一人だけならば何か伝言を持ってきた使用人の可能性があるけれど、たぶん違う。

私はとっさに自分の周りにある、武器となりそうなものを確認する。それと同時に自分の勘違いではないことを再度確認するため、目だけ動かし周りを見渡す。

すると屋敷の木の陰に人影が見えた。

どうやら隠れてこちらを窺っているらしく、動きはない。明らかな不審人物だ。もちろん公爵家にも護衛はいるけれど、屋敷の庭で隠れて護衛していているなんてことはない。間違っても公爵家令嬢を囮に使うわけにはいかないのだから、護衛するなら牽制の意味でも堂々と姿を見せ、庭の入口を守るはずだ。

今着ている黄色のドレスは家着なので、舞踏会で着る服よりはスカートの膨らみも小さく動きやすい。それでもメイド服よりはスカート丈が長いので動きの制限がある。でもまだ夏服で袖がないドレスでよかった。これならば袖を破らずに動ける。

「イーラ?　どうかした――」

私はディアーナが言い切る前に立ち上がり自分が座っていた椅子を木の陰に隠れている男に向かって素早く投げた。椅子がぶつかった音と共に、別の場所からもこちらへ走りくる人の気配を感じて私は、テーブルクロスをお茶などの茶器が倒れないように抜き取ると、相手に被せる。そして視界が覆われた相手をまずはそのままクロスごと引き倒す。

次に見えた相手にナイフを投げつけ、剣を落とさせると、スカートの裾を上げて一気に駆け

寄り男性の急所を蹴り上げた。

続く悲鳴を聞きながら、動きが止まった男の腕を掴むと、同じく悲鳴のせいで動きを止めた男にぶつける。もちろんこれでは倒れないが、もつれ合う二人には隙ができる。すぐさま回し蹴りで昏倒させた。

そして先ほど急所を狙った男の剣に身を低くしながら駆け寄り拾うと、私はもう一人、物陰に隠れてこちらを窺っていた男の首に突きつけた。

「ま、参りました!!」

男は私の剣を前に両手を上げた。どうやら、銃などは所持していなかったらしい。よかった。これで、ミハエルの顔に泥を塗らずに済んだ。

ほっと息を吐くと、先ほどまでの緊張漂う雰囲気から一転し、パチパチパチと拍手が聞こえた。

「流石俺のイーシャ。見事な回し蹴りだね」

ニコニコと笑う黒地に刺繍の入ったジャケット姿のミハエルの後ろから赤襟が特徴的な紺色の兵団服を着た人達が屋敷から出てくる。今日の私服は初めて見るものだと一瞬違うことに気をとられかけるが、気にしなければいけないのは兵団服の人の方である。彼らはバーリン領の私兵団員の中でも、バーリン公爵家の人々の護衛を中心に行っている人達だ。護衛任務中は目立たない私服を着用することが多いが、今回は【イリーナ・イヴァノヴナ・バーリンが、賊に捕らえられた時の実戦訓練】中なので、兵団服なのだ。

「えっと、ありがとうございます？」

ミハエルに褒められたので嬉しくはあるのだけど、本来のこの演習は私が賊に捕らえられた時を想定して行われるものだ。それなのに本当にこんな風に、賊役を倒していいのだろうか？

「今回も瞬殺だったわね」

「それよりお茶をこぼさずにどうしてテーブルクロスを引き抜けるの⁈　魔法⁈」

「流石に魔法は使えないですよ。昔同僚――いえ、メイド職の知り合いにコツを教えていただいたことがありまして、テーブルクロスがとっさに引き抜けたら、何かと便利かなと思って練習してあっただけです。えーと、メイドの嗜みと言いますか……」

魔法なんていうものは物語の世界だけで、この世に存在するのはタネがある手品だけだ。でもその手品も、相手の意表をついたりするのに案外役立つ。

そんな話をすると、何やら強い視線を感じた。何だろうと向けば、赤毛の女性と目が合う。どうやらこの視線の主は私の傍仕えのオリガのようだ。もの言いた気な様子に少しだけたじろぐ。

「オリガ、どうかした？」

「申し訳ございません、イリーナ様。私はそのメイドの嗜みができません」

……ふぅ。やっぱり嗜みは違ったかな？

私はかつての同僚達を思い浮かべる。働き始めた当初、まだ幼かった私は、同僚の冗談を見抜けず真に受けてしまうことが多かった。そのためその頃身に付けた常識は、時折常識ではないことを後から知ったりする。

「うん。私こそごめんね。たぶん、メイドの嗜みは、教えてくれた同僚の冗談だったんだと思う」

「そうして下さい。こんなに強いメイドが基本だったら、俺達私兵団の立場がないですから」

オリガに話していると、困ったように私兵団の方からも言われてしまった。なので私は慌てて手を前で振った。

「あの。私、それほど強くないので。今回も事前に襲撃があるということを聞いていたから、とっさに最善の動きができただけですから。以前油断していて、ごく普通の傍仕えのメイドに殴られて昏倒させられたことがあるぐらいなので」

本職の方よりも強いなんて思ったことは一度もない。予告なしで来る危険から守る護衛の人は凄いと思う。

「えっ、殴られて昏倒？　イリーナ様はどういった修羅場を潜り抜けてきたのでしょうか？」

「いや。えっと。普通です。普通の人生を歩んできています！」

少々変わっているのは、様々なお屋敷に出稼ぎに行っていたことだけで、そんな修羅場に遭遇することはそうそうない。

「ですが、我々が襲撃した三回とも撃退されていますし……いや。その」

普通じゃないんじゃないですかねと彼の目は言っていた。でもそれは立場上口にできず、あえて濁しぎみに言う。

……本当に三回も撃退してしまって申し訳ない。ミハエルからイーシャの実力を思う存分発揮して欲しいと言われたばかりに、恋愛と信仰の力が相乗しあって、いつも以上の力が出てしまったのだと思う。

やはり次こそ、ちゃんと訓練になるようにわざと捕まるべきではないだろうか？　このままではミハエルの奥方は変だと思われ、別の意味でミハエルの顔に泥を塗ることになりそうだ。

私はミハエルと釣り合ういい女、そう貴婦人を目指しているのであって、間違っても超人や奇人ではない。

「この場合イーシャが問題ではなくて、君達の実力不足が問題だという話だよね？　イーシャを守るのだったら、イーシャより強くなってもらわないと」

そう言ったミハエルは、それはもう、神々しいばかりの笑みを浮かべていた。まさに神。ただしそれを口にするとミハエルの機嫌が悪くなるので、心の目にその姿を焼き付けるだけだ。

ミハエルは私が神様扱いすることをよく思っていない。

「そうですわね。これからはイーラの実力を知った上で守ってもらわないと困るわ」

「だからイーラ姉様は、絶対これからも手加減したら駄目だよ？」

ぎくり。

わざと捕まろうと考えているのを年下のアセルにまで見抜かれ顔が引きつった。そんなに分かりやすかっただろうか。

「とりあえず鍛え足りないようだし、まずは基礎練習からやり直しかな?」

何度見ても見惚れてしまうぐらいのミハエルの完璧な笑顔を見た私兵団の方々は顔を青ざめさせたのだった。

一章：出稼ぎ令嬢の試練

秋晴れで気候も丁度いい日、私はディアーナとアセルの指導の下、お茶会を主催することになった。

もちろん貴族としてお茶会に参加するのも初めてなら、お茶会を開くのだって初めてだ。一応母の友人であるイザベラ様とならあるが、彼女はほぼ身内枠なので除くべきだろう。

お茶会を開く時は、場所の提供とお茶や菓子の指示をし、場合によってはちょっとしたお土産を用意するのがマナーだ。家同士で行き来するぐらい仲がいいのならこのお土産などは省略できるが、今回の場合友人ではないし顔見せなので、もちろんお土産は必要だ。

とはいえ宝石のようにあまり高価すぎるお土産は施しのようで印象がよくない。何事も程度が大切だ。お菓子などでもいいけれど、折角なので秋らしくナナカマドを刺繍したハンカチを渡すことにした。刺繍は得意なので、それほど凝ったデザインでなければさほど時間をかけずに作れる。

ちなみにこの刺繍は参加する令嬢へだけではなく、追加でディアーナとアセル、さらに何故かミハエル用まで作ることになった。お茶会に参加した人みんなが持っているのに仲間外れなのもとは思うので姉妹までは分かる。しかしミハエルに関しては想定外の追加だ。それでも姉妹がミハエルに自慢したことにより、ミハエルが背中から抱き付いた状態でくれるまで離れないという謎のおねだりをしてきたのだから仕方がない。

……こんな子供っぽい我儘を言うのは、たぶん甘えているからだろう。兄が威厳なくいちゃいちゃしているところなど姉妹も見たくないと思うので、できるだけ人目があるところでの接触は避けたい。でも気が付くとミハエルがくっついて来るので困りものだ。とはいえ、私もついつい甘やかしてしまうのだから同罪か。

ちなみにちょっとだけミハエルの刺繍は雰囲気を変えて、青い鳥も追加した。それと同じものを自分用にも作ったのは内緒である。ミハエル様とのお揃い。自分で作ったものだけど、付加価値が凄い。これから沢山のミハエル様グッズをこっそり作ろうかとちょっと思ってしまった。

「そろそろ祭壇を作るべきかしら……」

「祭壇？」

「あっ。失礼しました。独り言です」

他の参加者より少し早く来たメドヴェージェフ伯爵家のアナスタシアと話していたが、少々他事を考えてしまった。いけない、いけない。いくら緊張しているとはいえ、こちらから招待状を送った客がいる前で、現実逃避をするのはほどほどにしなければ。

元々貴族の知り合いが少ない私は、今日のお茶会で、身内であるアセルとディアーナ以外で知り合いは彼女だけだった。なのでついつい気が緩んでしまう。

「まさかミハエル様の祭壇を作ろうとしているんじゃないでしょうね？」

「えっ。何故それを――あっ」

アナスタシアの少しつりぎみの琥珀色の瞳に呆れたと書いてある気がする。

美しい金色の髪を綺麗にカールさせた姿は、まるで人形のように可愛らしいのに表情はそれを裏切っていた。

……しまった。言わなければ誤魔化せたのに。今更だが、私はへらりと笑ってみるが、アナスタシアはため息をつく。

「貴方のミハエル様への異常な敬愛は知っているけど、あまり前面に出すのは止めておきなさいよ」

ですよね。

私も自分の夫を祭る祭壇を作るのは色々アウトに近いとは理解している。それでも実家で行っていた祭事がなくなるのはなんだか物足りないのだ。もしもやるならこっそりとになるだろう。夫婦とはいえ、秘密の一つや二つはあるものだと、前に職場の先輩が言っていた。ようはバレなければいいのだ。そういえばミハエルと婚約する前は、もしも結婚しても旦那に隠れてこっそり信仰を続けようと思っていた。偶然その旦那がミハエルという超ミラクルが起こったけれど、大丈夫。いずれ機会は訪れるはずだ。

「異常な敬愛って……。でもアナスタシア様だって、ミハエルが好きだったんですよね？」

「過去の話よ。そもそも過去でも、ミハエル教へは絶対入信なんてしなかったでしょうけど。自分の婚約者……今は夫が他者から愛を捧げられているのを見ても幸せってやっぱり私には理解しがたいわ。夫の評判が悪いよりはいい方がいいのは分かるけど」

アナスタシアとは以前色々あり、【ミハエル様】について語ってもある程度は許される相手だ。でもミハエル教への入信は断られている。

「私もミハエルが私以外の女性のことを好きになってしまったら嫉妬します。でもミハエル様の素晴らしさを私一人が独り占めするのはなんだか正直申し訳ないと言うか。ミハエル様は誰からも尊ばれるべき方だと思っていますので」

「……色々こじらせているわね」

呆れたように言われたが、私は苦笑するしかない。自分自身、こじらせている自覚はある。だから宗教のミハエル様とミハエルを分けて考えるようになったのだ。

「かれこれ十年信仰しておりますので」

「十年ってまた、思った以上に長いわね。というかだったらもっと早くミハエル様とお近づきになりたいと思わなかったの？　ミハエル様の貴方への執着も中々のものだけど、婚約してから一年も経っていないわよね？」

「そんな。自分からミハエル様に近づくなんて過去の私にできるわけがないじゃないですか。だってミハエル様ですよ？　十メートルぐらい離れたところから見るぐらいで丁度よかったんです」

パーティーなどで遠目で確認できたら幸せだったのだ。過去の私も、突然ミハエル様が目の前に現れて話しかけられたら驚きすぎて心臓が止まってしまっただろう。

「十メートルって……」

「私、目はいいので」

「そういう意味でドン引きしているわけじゃないわよ」

はっきりとドン引きと言われてしまい苦笑するが、そこに私を傷つけようという意思はないので話しやすい。それにドン引きと言いつつも、彼女はミハエル様話に付き合ってくれる数少ない人だ。

姉妹も話しやすいけれど、流石(さすが)に兄への信仰について、兄嫁が語り始めたら困惑するという か反応に困ると思い自重している。

「イーラ。他のご令嬢達が来たから、そろそろお茶会を始めましょう？」

その後しばらくの間、客間でミハエル様談議を楽しくしているとディアーナが声をかけてくれた。

「ディーナありがとうございます。アナスタシア様、参りましょうか」

「ええ」

お茶会の席は使用人が指示した通り、裏庭に設置してくれていた。主催者だけれど私はテーブルのセッティング一つ手伝う必要がない。

テーブルには煌びやかなサモワールが設置してあり、その中は既にお湯が沸いていた。お茶会の参加者が子供ならば松ぼっくりに火をつけ、サモワールでお湯を沸かすのを見るのもイベントの一環になるけれど、今回はアセル以外全員が成人済み。大切なのは沢山お喋りをして楽しんでいただくことだ。

サモワールは上部のポット内にある濃いお茶を下のお湯で薄めて飲むため、使用人が脇に立っていた。

「皆様、本日はお茶会にお越し下さりありがとうございます」

私はご令嬢に笑顔で挨拶をしていく。

結婚されている方もいらっしゃるが、全員が私とそれほど年齢が変わらない。これから先、長く社交界で顔を合わせる相手だ。

「イリーナ様が主催されるお茶会に呼んでいただけて光栄ですわ」

「ありがとうございます、ヴェラ様」

黒色の髪に琥珀色の瞳、キリッとした眉が印象的な彼女は、ヴォルコフ侯爵家の長女だ。年齢は私の二歳上で、このお茶会では公爵家令嬢であるディアーナ達の次に高い階級を持つ。ミハエルとの婚約話もあったが、ヴェラ様はご兄弟がいないので、従弟を養子にとり結婚することが決まっている。

「あら。私のことを知って下さっていらっしゃったのね」

「もちろんです。ヴェラ様は流行に敏感でお洒落な方だと聞いております。神秘的な黒髪も相まって、すぐに分かりました」

今日のドレスは赤と白の生地に黄色の刺繍が施されたドレスだった。少々派手にも感じるがヴェラ様にはよく似合う。

姉妹からの事前情報のおかげで、全員の名前と顔はなんとか一致していて、私は内心ほっと息を吐く。

「レイラ様、それからルフィナ様もこれから仲良くしていただけると光栄です」

「こちらこそよろしくお願いしますわ」

「お会いできて光栄ですわ」

レイラ様は薄めの金色の髪に灰色に少し青が混ざった瞳の女性で、ルフィナ様はこげ茶の髪に緑の瞳のほんわかとした雰囲気の女性だ。レイラ様はバラノフ伯爵家の娘で、下に妹がいるが男児がいないため、将来伯爵を継ぐ予定らしい。それに対し、ルフィナ様は既にクリーク子爵とご結婚されている。

貴族の世界は社交辞令が大切な世界だ。ニコリと笑えば相手もニコリと笑みを返してくれる。

凄くにこやかで仲のよさそうな雰囲気だが、それがイコールで認められたというわけではない。あくまで今はスタート地点に立ったにすぎないのだ。

女の戦いはこれからである。

とはいえ緊張で既に喉がカラカラだ。

正直逃げ出したい。でもそういうわけにはいかないので、私は何重にも猫を被り、笑みを浮かべた。社交ではどれだけ嫌なことがあってもとにかく笑え。話はそれからだ。

挨拶を無事に終えたので、全員が使用人に案内されテーブルについた。私の隣にはアナスタシアが座る。とりあえず表面上はにこやかなお茶会が始まった。

願わくばこのまま最後までにこやかに終わりたい。

私はそんな願いを込めながら、お茶を飲む。

「えっと……皆様とお近づきになれるよう刺繍を刺してみましたので、よろしければ受け取って下さい。素人の物なのでお恥ずかしいですけど」

「まあ、可愛らしい」

緊張を誤魔化しながら話題作りもかねて、使用人にハンカチを配ってもらうと、反応はまずまずだった。お世辞かもしれないけれど、喜んでもらえている。手土産を刺繍にしてよかった。それぞれもらった刺繍を見せ合い会話のネタに使ってもらえている。

「ねえ、これ、本当に自分で作ったの？」

「はい。もちろん」

「……もしかして、昔刺繍を売るような仕事をしていなかった？」

こそこそと隣でアナスタシアに囁かれて私は目をそらした。彼女は私がバーリン公爵家で働いていたことを知っている。無言を肯定だと理解したのか彼女は小さくため息をついた。

「これ、評判のいい仕立て屋が取り扱っていた刺繍と構図や雰囲気が似ているの。身バレ、気を付けなさいよ」

「はい」

どうやらあまり考えずに作ったために以前の売り物とよく似ていたらしい。刺繍はカラエフ領まで来てくれる行商に引き取ってもらっていたけれど、その後どこの店に卸されたかまでは聞いていない。刺繍はお金と交換したらそれでおしまいなので、あまり深く考えたことはなかった。気が付く彼女も凄いが、気を付けよう。

「イリーナ様は刺繍がお得意なのですね。まるで売り物のようですわ」

売り物という言葉にどきりとしつつ、私は誤魔化すように笑った。

「ありがとうございます。この刺繍糸は、レイラ様のところで染められたものを使ったんです。とても発色がよくて、美しい仕上がりにできました」

刺繍糸は外国製の絹でできたつやのあるものがもてはやされる風潮があるけれど、この国の刺繍糸だって様々な色があって美しい。元々のこの国の衣装は、多くの刺繍をして華やかにしていたのだ。

　レイラ様の服はまさにその刺繍をふんだんに入れたもので、深い緑とクリーム色の生地を使っているが、クリーム色の生地に刺された花が可愛らしさを出している。

「まあ。知っていて下さったのですね」

「もちろんです。今、人気の仕立て屋、【ラードゥガ】でも使われているのですから。アナスタシア様やヴェラ様のドレスはそちらで仕立てられたのではありませんか？」

「ええ。そうですわ」

「よく分かったわね」

　アナスタシアの服は明るいオレンジ色のドレスだ。スカート部分に立体的な花と刺繍を組み合わせてつけている。それがいいアクセントになって、ヴェラ様のドレスとはまた違ってみえるが形はよく似通っていた。

「刺繍のセンスがラードゥガは一味違いますので」

　技術が高くデザイン性が高いのがラードゥガの特徴だ。その代わり布の質を少しだけ落とし、バランスをとっているのだと思っている。

　ちなみに私が今着ている白と紫の生地のドレスはミハエルが結婚する前に既に買って下さっていたものだ。ドレスに刺してある金色の刺繍の感じから、予想ではこれもラードゥガのデザインだ。でも生地はミハエルがいいものに変更させた特注だと思う。ウォークインクローゼットの中を見る度、そんな特注ドレスの多さに白目をむきそうになる。総額とか気にしてはいけない情報だ。知ったら、汚すのが怖くて動けなくなるだろう。

服の話を持ち出せば、令嬢同士で服を褒め合いドレスや装飾品の情報交換が始まった。貴族でも庶民でも女性はお洒落が好きで、流行りに敏感だ。

姉妹も異国からの輸入品である樹脂製の薔薇のペンダントを見せて会話に参加している。どうやらミハエルが買ってくれたものらしい。

そんな話をしていると、ルフィナ様があまり会話に入れていないのに気が付いた。確かルフィナ様は領地に長く住まわれ、王都での生活は短いと事前に聞いている。結婚し夫の仕事の関係でこちらに来られたが、王都のお洒落はあまり興味がない、もしくは知識がないのかもしれない。今日のクリーム色のドレスは、最新というよりは無難な印象を持つ。

さらにつくり笑顔で軽く相槌を打っているが自分からは喋らず、もくもくとお菓子を食べられていた。

「ルフィナ様、今日のお菓子、いかがですか？」

「お菓子ですか？」

私が話を振ると、ルフィナ様はキョトンとした顔をした。

「はい。りんごのヴァレーニエをご用意したのですが、どうでしょう？　ルフィナ様のご出身地ではりんごが特産だと聞いておりますが」

丁度りんごが美味しい時期なので、料理長が砂糖で煮詰めてヴァレーニエにしてくれたのだ。ルフィナ様は私の言葉ににこりと笑うと一口すくい口に運ばれた。

「とても美味しいですわ」

「よかったです。確かルフィナ様のご出身の地域ではりんごを使ったパスチラというお菓子が有名だと聞いたのですが、どのようなお菓子なのですか？」

「まあ。知っていらっしゃったのですね。パスチラはとても美味しいですのよ。りんごは酸味の強い品種を使うのですが――」

服や装飾品の話の時は空気のようだったのが一転して、ルフィナ様は快活に話し始めた。どうやら彼女は料理の方に興味が強くあるらしい。そうでなければ作り方やりんごの品種まで覚えてはいないだろう。私は心のメモにそっとルフィナ様の情報を付け足した。

「なるほど。りんごを焼いた後にピューレにするのですね。実は噂で聞いただけで、まだ食べたことが一度もなくて。でもいつか食べてみたいです」

「でしたら、今度手土産としてお持ちしますわ」

ふわりと笑うルフィナ様は、少しふっくらした癒し系の女性だ。社交辞令ではないと分かるやさし気な笑みにほっとする。

お茶会では女の戦いが始まり、貴族の洗礼を受けるのかと思っていたが、ディアーナとアセルの紹介だけあって、新参者の私に厳しい貴族社会を教えようとする人はいなかった。とてもありがたい。

「……さっきミハエル様についてのお話をした時に分かっていたつもりだけれど、相手の領地の産業まで覚えているとか、本当に記憶力がいいのね」

アナスタシアが若干呆れているような口調でこっそり褒めてきた。素直な褒め言葉ではないのは、ミハエルの歴代のパーティーの服やミハエルのよく利用する店や、そこで食べたメニュー、食べる時の癖などを先ほどまくしたてるように語ってしまったからだろう。ミハエル様について語れる相手は中々いないのでつい熱くなってしまって……申し訳ない。

とはいえ元々ミハエルのことならどんな些細な情報でも忘れないけれど、そうでなくてもそれなりに記憶力はいい方だ。この日のために、参加者について色々調べて頭に入れておいてよかった。

「記憶力は私の数少ない取り柄ですから」

「えっ。数少ない？　……ま、まあ、いいわ。そう言えば王太子殿下が異国の姫とご婚約された話は聞いたかしら？」

「はい。来年の夏に式を挙げられるそうですね」

実際にはその婚約者であるエミリアとも面識があるのだけれど、これは内緒だ。王太子とミハエルの仲がいいからと言えば知り合っていても不自然ではない。しかし実際には私が女装した男性を演じてエミリアの護衛をすることになった、世にも奇妙な怪事件で知り合った。エミリアも身分を隠してのお忍びだったので、その事実を知られないためにも、もうしばらくは内緒にしておこうと思う。

「最近王太子殿下は金細工師に宝石などをあしらった、豪華なイースターエッグを作らせているそうなの。きっと婚約者様へのプレゼントになさるのだと思うわ」

「豪華なイースターエッグ？」

「ええ。なんでも、斬新な仕掛けをつけたものだそうよ。詳しくは分からないけれど、きっと私達が想像するゆで卵とは違うんでしょうね」

イースターエッグと言えば、お祭りに使う色を付けたゆで卵だ。異国の宗教のお祭りなので、それほど盛んではないけれど何となくは知っている。エミリアは異国出身だ。だから彼女の故郷を思ってイースターエッグを用意しているのだろう。

それは分かるけれど……。

「もしかして神形（みかたち）の人形とかが中に入っていたりします？」

「そこまでは知らないけれど、可能性は高いわね。神形は災害だけれど、縁起物でもあるわけだし」

【神形】と【卵】。

それぞれは特に問題のない単語だけれど、合わさると嫌な記憶を呼び起こす。

【神形】とは動物の形をした自然現象のことだ。例えば氷の神形ならば氷でできた氷像が、水の神形なら水でできた水像が動くという、人知を超えた現象のことである。この神形を放置すると大雪や大雨などの災害が酷くなるので討伐が必要となるのだ。けれど討伐さえすれば穏やかな気候へと変わるので、縁起物と言われていた。

そしてこの神形は生き物ではないけれど、討伐しないと成長をする。王都では毎年春に大規模な水の神形の討伐を行い、大型の神形の出現を抑制していた。しかしそんな小型の神形まで討伐する王都ですら、神形が出現する瞬間を見たことがある人は誰もいない。そのため研究者達は、神形には卵があるのかないのかと長年議論しているらしい。

そんな【神形の卵】だが、つい先日王太子の誕生日会での王太子の発言のせいで、この国は【神形の卵】を見つけたのだと異国のスパイが勘違いした事件に巻き込まれた。あの時はたまたま勘違いされただけだと思ったけれど、ここにきてまた卵。

これも偶然の可能性だってあるけれど、一度巻き込まれた身としては、わざとではないかと勘繰ってしまう。

「どんな卵なのかしら。婚約者からの洒落た贈り物なんて素敵よね」

「私の夫は、そういうことには疎くて期待できないわ」

「ディアーナ様は毎年誕生日には婚約者から花束が贈られるのですよね？　そういう愛情表現もいいですわよね」

「そうそう。エリセイお兄様はことあるごとに、花束を贈られるの。この間、結婚式の日取りが正式に決まった時なんて、花のつぼみの中に指輪が入っていて――」

「アセーリャ?!」

ディアーナの花束情報は、どうやらアセルから漏れ出ているらしい。

周りの女性は楽し気に話しているので特に問題はなさそうだが、ディアーナが恥ずかしさで爆発してしまいそうだ。

そういわれると、王都に滞在してから、よくエリセイが花束を持ってディアーナに会いにきていたなと思う。

ディアーナが今も王都に滞在しているのは、私の慣れない社交を手伝うためでもあるけれど、エリセイと頻繁に会えるからかもしれない。

「イリーナ様は旦那様から何かプレゼントをもらいました?」

「えーっと……そうですね。婚約した頃にこのロケットペンダントをお守り代わりにといただきました」

流石にミハエル様の姿絵が欲しいとねだった話はよくないと思い、自分の首にかけてあるロケットペンダントを取り出す。他にも流行りのペンダントやドレス、装飾品とプレゼントの嵐なのだけれど、それは私の実家が貧乏すぎて何も持っていないからでもある。となると生活必需品をかねているような部類のプレゼントは彼女達が求めている話とは違う気がしたので、黙っておく。

そういえばミハエルは花束などのプレゼントはあまりしない。タイプ的にそういうものが好きなのかと思っていたのだけれど、案外私と同じで現実主義なのだろうか……うーん。でもミハエルは時折私よりも乙女だなと思う時があるので、もしかしたら私に合わせて下さっているのかもしれない。

「それってミハエル様が常に身に付けられていた勿忘草のペンダントよね？」

私が取り出したロケットペンダントを見たアナスタシアが一目で見破る。流石はミハエル教仲間（仮）だ。

「私達のお婆様が兄に贈ったものよ。大切な人ができたらその人に贈りなさいって言っていたと聞いているわ」

ディアーナが説明を入れた瞬間、令嬢達が嬉しそうにキャーと悲鳴をあげる。私はミハエルのことが好きな人に闇討ちされそうな【大切な人に贈る】という情報にギャっと叫びたくなった。

「そんな顔しなくても、結婚した男まで狙う令嬢なんてここにはいないわよ。もちろん、私もよ」

顔に戸惑いの表情が出たからだろう。アナスタシアが、凄みのある笑みを浮かべ、強めの口調で言いきった。

そのただならぬ様子に、私は頷く。

「そのペンダントはいついただいたの？　結婚式の直後とか？」

「えっと、実はミハエルが神形の討伐に行く前に預かって欲しいと言われて……」

「討伐前⁈　すごいロマンチックね」

「死地へ向かう前に、自分を忘れないでなんて……何て悲恋」

ミハエルは死地に向かっていたわけでもなければ、悲恋も引き起こっていない。たぶん恋愛小説の一節にそんな話があるからなのだろうけど……。

「討伐前というのは、いつ頃のことですの？」

「えっと。冬ですね」

「冬？　ああっ。つまり婚約を申し込まれた頃に贈られたのですね」

合点がいったとばかりにぽんと手を打つと、大切にされていますねとルフィナ様が微笑(ほほえ)んだ。それに対して、私もあいまいに笑う。

このロケットペンダントを渡されたのは正確には、婚約はしていたけれど、まだミハエルが婚約者だと知らなかった頃だった。氷龍(アイスドラゴン)の討伐に向かわれるミハエルが、私に持っていて欲しいと渡してきて……。

あれ？　ちょっと待って。色々あって、すっかりもらった気でいたけれど、これ、預けられただけだっけ？

思い返せば、あの時私はもらえないと拒否し、ミハエルは預かっておいてと言った気がする。

預かっておくということは、いずれ返却をしなければいけないということだ。

「ねえ、その中身って何が入っていたの？」

もしかしてずっと無断借用している？　と内心焦っていると、アセルがわくわくといった表情で私のロケットペンダントを見て質問してきた。

そうだ。今はお茶会に集中しなければ。ペンダントはミハエルが帰ってきてから考えればいい。

「内緒にしておくように言われているのなら言わなくてもいいわよ。ミーシャはクスクス笑うだけで教えてくれなかったから」

私が無断借用云々を考えていたせいで返事が遅れたため、ディアーナが少しだけ心配そうに言った。しかし特に教えてはいけないと言われていないので、私は首を横に振る。たぶんミハエルはただのいたずら心で姉妹に隠していたのだろう。人間は見てはいけないと言われるほど気になってしまうものだから。

「いえ、大丈夫です。中身の件ですが、実はこれ、蓋が開かないんです」

「「えっ。開かないの？」」

アセルとディアーナが目を丸くした。他の令嬢達も同様だ。皆その答えにポカーンとしている。

私もまさか誰も中身を知らないのは、開けられないからだなんて知らなかった。

絵が入っているのか、遺髪などが入っているのか、それとも空なのか。答えは気になるけれど、何処（どこ）か歪（ゆが）んでしまっているのか、あえてくっつけてあるのか上手く開けられなかった。

壊してしまったのかと、ミハエルにも一度確認したが、どうやらミハエルがお婆様から譲り受けた時から開けられなかったそうだ。

「ミハエルは開けられないから気に入っていたみたいです。中に何が入っているか分からないから想像すると楽しい的な感じだそうで。だから私もこれは開けない方がいいかなと思い、このままお守りとして持っているんです」

もしも遺髪が入っていたらと思うと気味が悪く感じるものだが、ミハエルの持ち物だったこともあり、あまりそんな感じはしなかった。そもそもお婆様も遺髪が入ったものを孫に渡さないだろうし、ましてや大切な人ができたら譲るようになんて言葉を残さないはずだ。

「開けない方がいいとか、パンドラの箱のようね」

「だとしたら、きっと詰まっているのは希望ですね」

そう思うとより素敵な気がする。勿忘草の花言葉からして、ミハエルのお婆様も恋人からもらった可能性が高い。いや。お婆様が孫に渡すぐらいだから、普通に考えれば贈った相手は祖父か。

その後も私は適度に話題を振り、たわいもない話をしているうちに時間はすぎた。何とか無事にお茶会が終了し、全員を笑顔でお見送りする。

ルフィナ様は近いうちに手紙を出して遊びにいく約束をして下さったし、他の令嬢ともまずまずの顔合わせになったのではないだろうか。

問題なく終わってほっと息を吐く。

「……終わった」

「お疲れ様」

「イーラ姉様、上手だったよ！　全然問題なかったね」

肩の力を抜けば、両隣から労（ねぎら）いの言葉をかけられた。

「ありがとうございます。初めてのお茶会もお二人のおかげで何とかなりました」

令嬢達の情報は姉妹からとくにもらっていた。さらにそこから、家庭教師の先生や執事に彼女達の出身地の情報をいただき、何とか話題を捻（ひね）り出していたのだ。私だけではこのお茶会（試練）を乗り越えることはできなかっただろう。

「私は何もしてないわよ？」

「そうそう。イーラ姉様の力だって！」

「そんなことありません。二人がいてくれて、本当に心強かったですし。……正直、お茶会を開くより、実家の雪山に氷龍の神形退治に行く方が楽だなと思いました」

「「それ、絶対おかしいから」」

自分がこの世界で一番大変だと思っていたことと比べて、それよりも大変だったと漏らせば、姉妹はハモるようにツッコミを入れた。

　でも絶対神形退治の方が精神的に楽だ。

「そういえばイーラは実家で氷龍の討伐にも参加していたと言っていたわね」

「はい。父はその、身体能力的な問題で討伐に参加することが難しいので、代わりに毎年討伐に参加していたんです。よく神形が出る地域なので」

　私は母の友人であるイザベラ様の紹介で自分のドレス代などを稼ぐために出稼ぎをしていた。しかし冬だけは神形の討伐をするために仕事を入れずに実家にいるようにしていたのだ。そのため冬の私の予定はまるっと空いており、だからこそ飛び入りでミハエルのご実家の雪祭りで臨時使用人をすることができたわけなのだけど……。

「私ならそっちの方が無理だよ。雪山どころか、普通の山も登るの大変だし」

「登山は慣れている場所でも危険がないわけではないですし、必要がないなら登らないことをお勧めします。特に雪山は吹雪くと滑落や遭難の危険が増えるので」

　さらにもしものための荷物もかなりの重量になるので、普段運動をしない方にはお勧めできない。登りきった後の景色は絶景ではあるけれど。

「それをイーラは登ってしまうのよね？」

「必要だったもので。でも知らない雪山は一人では絶対登れませんから」

　周りに迷惑をかける率が高いので、山への討伐は実家の雪山だけと決めている。今後はバーリン領の山も、もしものために覚えようとは思うが、実際に討伐に加わるかは状況次第だ。戦力になれるならまだしも、足を引っ張り遭難などした日にはミハエルに合わせる顔がない。

「常識ではその通りなのだけど、なんだかイーラなら何でもできてしまう気がしてくるのよね」

「できませんからと言いながら、あの有名なバレエ団で踊ったわけだしね」

「いや、えっと。本当に、知らない雪山は無理ですからね？」

色々な事情が合わさったことで少し前にローザヴィ劇場で、着ぐるみを着てバレエを踊ったけれど。確かにできないと言っていたのに踊ったけど!!

でも本当に私はなんでもできる人間ではないのだ。なんでもできる人間というのはミハエルみたいな人を指す。

「分かっているわよ。そもそも氷龍の討伐なんて危ないことはしないで欲しいし」

冗談だからという雰囲気でディアーナは言ってくれるが、アセルの目は結構本気な気がする。

……いや、本当に無理ですよ？

「お話し中すみません。若奥様。先ほど、ご実家から手紙が届きましたのでお持ちしました」

玄関先で話していると、執事が手紙を持ってきてくれた。

手紙の名前は父になっている。つい先日結婚式で顔を合わせたばかりなのに、どうしたのだろうか？

「何か急ぎかもしれないから、部屋で読んできたら？」

「……そうですね。お言葉に甘えて部屋で読んできます」

お茶会の片付けは使用人の方々がやってくれているので、これ以上私がすることはなかった。

父は筆まめな性格ではないので、急用の可能性が高い。そのため部屋に一度戻らせてもらうことにしたのだった。

「ふふふふ、へへへ」
「……変な声を出しながら仕事するのは止めて下さい。皆が怖がっています」
おっと。あまりに幸せすぎて、つい声が漏れてしまったようだ。副隊長に言われて背筋を正しキリッとしてみたが、やっぱり顔がにやける。
とはいえ、別に今眺めている資料ににやけているわけではない。ここより東の地方で水と風の大型の神形が出て討伐が行われた結果が書かれた資料ににやけるとか、かなりヤバい嗜好(しこう)だ。家屋への被害や人的被害もあったものなのだから。

俺の顔が自然とにやけてしまうのは、俺が今世界で一番幸せな男だということに尽きる。というのも、つい先日、俺は初恋の相手であるイーシャととうとう結婚したのだ。よく初恋は実らないと言われるが、諦めず十年間想い、探し続けた末の結婚だ。これが幸せではないと言ったら、何が幸せだと言うのだろう。

「初恋の君と結婚すれば、俺の気持ちが分かるさ。いいかい？　結婚すると、毎朝お見送りしてもらえる上に、家に帰ったら一番に会うことができるんだ」

「……その話、もう何百回目ですか」

「そこまでは話してないだろ。せいぜい、五十回くらいじゃないか？」

しっかり数えたことはないけれど。それに惚気るにしても、話題は一つではない。色々混ぜた嫁自慢をしているから飽きるほど話してはいないはず……。

「十分、くどいです。幸せなのは分かりますけど、長々と同じ幸せ自慢しないで下さい。独り身の奴が落ち込みますから」

「とばっちり!!　独り身がというか、もうなんと言うか、甘い話に皆飽き飽きしているだけじゃないですか!!　奥さんのことになると話が長いから。勝手に独身のせいにしないで下さい!!」

独身で結婚願望が強いイーゴリが叫ぶ。

指摘されると話しすぎたかなと思わなくもないけれど、自慢したくて仕方がないのだから、新婚の間ぐらい大目に見て欲しい。

「というか、何で、お見送りとかお出迎えとか、純情そうな話ばかりなんですか。こう、下ネタとかは――」

「俺のイーシャの何を聞きたいって?」

「イイエ。ナンデモアリマセン」

俺がギロリと睨めば、イーゴリは両手を上げた。正直でよろしい。イーシャのすべてを知っているのは俺だけでいい。

「独身者虐めはそれぐらいにして、こっちの仮案に関する意見書も書いておいて下さい」

「あー。神形研究部署の新設案ね……」

イーゴリをいじって遊んでいると、副隊長が提出期日の迫っている書類について言及してきた。

回ってきた書類を読む限り、新設案は現在の討伐部一括で行っている神形の討伐と神形の研究を分け、新しい部署を作るというものらしい。実際に今は討伐しながらの研究なので仕事が煩雑になっていた。また武官は書類まとめが苦手な者が多いので、研究という仕事を別に分けるというのは理にかなっているとは思う。それでもこの神形の研究が進んだ先には災害を減らす他に戦争への使用もあるので、手放しに喜べない。

「これ、読んだ?」

「まあ、一応、ざっとですけど。部署が分けられたら、ミハエル上官は研究部行きでしょうし、寂しくなりますね」

副隊長は他人事のように言った。でも彼の言う通りだろうなと思うので、俺はがっくりとうなだれた。

「やっぱり俺は、研究の方に回されると思うよなぁ。そして絶対現在の武官数だけでは回らないから、文官からも人が来るだろうし……はぁ」

「もちろん討伐部でもミハエル上官なら問題ないとは思いますけど、逆に研究部となると私も含めて上手くやっていける人材が少ないというか……」

俺がため息をつけば励ましてはくれたが、正しく彼が言う通りなので気は重い。武官でも事務処理ができる人間は大抵が他の部署で、討伐部はほぼ脳筋ばかりの集まりだ。俺だって体を動かす方が好きなので討伐をしていたい。

でも書類業務もできる俺は、人数の関係で研究部行きだろう。もしも研究部に元討伐部の人員が一人も配置されなければ、まともに新討伐部との連携がとれると思えない。現場を知らない人間にあれこれ言われてはい分かりましたと言うような面々ではないからだ。なので俺はきっと調整役として配属されるはずだ。……最悪すぎる。

それに気が重いのはそれだけが理由ではない。確実に研究部に入ってくるだろう文官は政治的駆け引きが大好きな者が多いのだ。一緒に仕事をするなら、俺は脳筋な武官と馬鹿をやっている方が楽しい。

「まあ、まだ仮案で、王の許可も取っていない段階のものですし。幻で終わる部署かもしれませんから」

「そうであって欲しいけれど……これ、絶対後ろにどこかの貴族が絡んでいるものだよ。既に研究するなら力を貸しますって貴族名が並んでいるし」

数枚に渡る仮案には、研究参加を希望する貴族名が並んでいた。子爵や男爵など爵位がさほど高くない者が多いけれど、まだできてもいない部署での研究参加に手をあげているなど、どう考えても王主導の動きではなく、貴族主導の動きだろう。武官内、それとも文官内のどの貴族が動いているかまでは分からないが、きな臭い。

「これ、無視していい？」

「無視は駄目でしょ。意見を書かないと、それこそ本当に研究部署行きで、いいように使われますよ」

「だよなー」

できれば関わりたくない案件だけれど、絶対巻き込まれるのが分かる。とりあえず、自分は討伐部に残りたいことと討伐部の人員が減った時に起こる害なども近年の神形被害情報と一緒に書いておこう。

後はこの案が通るべきか、通らないべきかだが……王太子は嫌がってそうだなとなんとなく思う。誕生日会で神形の卵を所持していると周りに勘違いさせた件は偶然かと思ったけれど、最近婚約者に贈るために神形を模した装飾を施したイースターエッグを渡すという噂が流れている。そういうサプライズは好きだし、是非自分の妻にもやりたいところだけれど、あえてここで匂わせる発言は、どう考えても勘違いを誘導しているようにしか思えない。

そしてこのタイミングで、この案だ。

「……どうしたものか」

討伐と研究が分かれるのは賛成ではあるけれど、それによってクーデターが起こり国内が荒れるのは避けたい。

そんなことを思いながら読み進めていくと、貴族たちが神形について積極的に調べたいと挙げている地域の一覧まで準備されていた。どこも災害が頻繁に起こる地域のようだけど、気の早いことだ。

「あれ？【カラエフ領】も入っているんだ」

「カラエフ領って、イヴァン先輩の領地ですよね？　そんなに神形が出る地域なんですね」

カラエフ伯爵は副隊長の学生時代の先輩だ。そして同時にイーシャの父、つまり俺の義父にあたる。

そう言えばイーシャも領地では氷龍の討伐に参加していたと言っていた。でも研究場として名が挙がるほど神形が出る地域だとは知らなかった。

「最近は落ち着いていたはずなんだけどな」

イーシャに婚約を申し込む際に、カラエフ領については調べさせてもらった。カラエフ領には借金があり、ちゃんとした経営ができていないのならばさすがに支援ができないためだ。しかし大きな借金をしたのは前カラエフ伯爵で、現カラエフ伯爵は俺が婚約を申し込みに行った時には完済をしていた。つまりは再び借金を背負わねばならないほどの災害は起こっていないということだ。むしろ農業しかないのに、十五年ほどで全額完済できるぐらいの収益を出せるほど安定している。

「落ち着いているのは、先輩だからとかあり得ませんか？」

「どういうことだい？」

「なんと言うか、俺は先輩なら災害でもなんとかしてくれるような気がするんですよね。神形退治とかは無理でしょうけど。うーん。まあ、分からないですけど」

言ってみたものの明確な理由を出せないようで、副隊長は頭を掻（か）きながら首を傾（かし）げた。そもそも副隊長は直感で動くことも多く言語化するのが得意ではないので仕方ない。

カラエフ伯爵といえば、気の弱い男で、体力も身体能力も低い人だ。ただし写真に撮るかのように正確に記憶に残せるという特技があった。それもあって、副隊長はかなりカラエフ伯爵を買っているようだ。

実際俺もカラエフ伯爵の能力は凄いと思うし、伯爵でなければたとえ戦えなくても武官に引き抜きたいと思ったぐらいだ。

とはいえ、記憶力がいいからと言って災害が防げるわけではない。だからカラエフ領は十五年前の大寒波が異常気象だっただけで、比較的穏やかな気候の土地だと思い込んでいた。

でもここに名前を挙げられているということは、現在も神形は頻繁に出ているということ。帰ったらイーシャに神形の出現頻度（ひんど）を聞いてみよう。

そんなことを考えていれば、仕事終わりの時間がきた。俺はそそくさと机を整頓し席を立つ。

「お疲れ様」

「お疲れ様です。……別に残業をしろとは言いませんけど。早いですね？」

「だって、上官がいたら皆帰りにくいだろ？　それに俺の仕事は、ちゃんと終わらせたし。それなのに仕事場に残っている方がおかしいじゃないか」

俺は一点の曇りもない澄んだ眼差（まなざ）しで副隊長を見た。そう。仕事場にダラダラと居続けるのは給料泥棒だ。終わったらさっさと帰る。これが正しい社会人の姿。

「効率的な方が皆幸せだろ？」

「その心は？」

「イーシャのいないこんな場所に用はない」

何でこの世の天国が待っていると分かっているのに、いつまでも地獄に居続けないといけないのか。

「それともイーシャに会える毎日がどれだけ俺を幸せにしているかをゆっくり語ろうか?」

「お帰りはあちらです」

もう。皆、全然イーシャ話を聞いてくれないんだから。

でもイーシャの話をするよりイーシャと話したい俺は、寛大な心で許しさっさと家へ向かう馬車に乗る。

仕事命というわけではないけれど、今まではそこまで早く家に帰りたいと思ったこともなかった。だから気が乗らない時はダラダラ仕事をして残業になることもあった。でも今は違う。時間は有限だ。

イーシャとの新婚の時間は今しかない。だったら、くだらない仕事に時間を割くなんて間違っている。馬車が家にたどり着くのを待ちながら、たまには何かイーシャにプレゼントでも買いたいなと夢想する。妹のディディは婚約者からよく花束をもらっているし、俺もできれば贈りたい。しかしイーシャは物欲が低いようで、今あるもので十分沢山いただいていますと困り顔になってしまうし、花などへの興味も薄い。イーシャが喜ぶ贈り物と言えば……俺の姿絵だけど、今度は俺が微妙な気分になる。

俺が目の前にいるのに、姿絵に首ったけになっているってどういうこと?

止めよう。そもそも、自分で自分の姿絵をプレゼントという時点でナルシストのようだ。喜ぶイーシャは可愛いけれど、可愛いんだけどっ!!

「プレゼントではなく、別の方向で何かサプライズを考えよう……」

腹立たしさと切なさと愛しさが混在した微妙な気持ちを吹き飛ばすように頭を振った。

結婚したのだし、何か特別な思い出作りとかはできないだろうか？　そういえばカメラを買う約束をしていたし、それをプレゼントするとかはどうだろう。もしくはそれを選ぶ名目で旅行とか？　……旅行かぁ。

ふと浮かんだ案は妙案のように思えた。物を贈るのもいいけれど、二人の思い出を作っていくのもいい。

カメラを買うならどこがいいだろうと考えているところで、馬車が屋敷に到着したので一度考えを保留する。イーシャとの時間はこれからまだ沢山あるのだ。新婚は今しかないけれど、イーシャを蔑ろにして考えることでもない。

「お帰りなさい、ミハエル」

「ただいまイーシャ!!」

玄関の扉を開ければエントランスでイーシャが待っていてくれた。いつもながら可愛いイーシャを抱きしめると、おずおずとだが抱きしめ返してくれる。いい。本当に、いい。

俺はこの時間のために働いていたのだ。

イーシャを合法で抱きしめられる俺は、世界一幸せな男に違いない。

「今日はどうだった？　お茶会を心配していたけれど」

「ディーナやアセーリャのおかげで無事に終わりました」

「イーシャが準備を頑張っていたからだよ」

もちろんイーシャが行うお茶会で何か問題が起こるなんて、俺を始め誰も思っていない。イーシャが必要以上に心配しているだけで、妹も使用人も皆、安心して任せていた。それでもそれは周りの意見であってイーシャの気持ちではない。だからちゃんとイーシャの気持ちを聞いておきたいのだ。その上で褒めまくるけど。

「俺はイーシャなら大丈夫だと思ったけどね。令嬢一人一人のことを調べて、心を尽くしていたし。ただ、少し妬けたかな？」

「妬くって……」

「だって調べている間は俺のことより令嬢達のことで頭がいっぱいだったじゃないか」

「それはだって……ミハエルの妻として、周りからも認めてもらいたいからと言うか……えっと」

顔を真っ赤にして、手をもじもじさせるイーシャが可愛すぎて辛い。なに、この可愛い生き物。天使？　そうか。イーシャは天使だったんだ。

そんな馬鹿な妄想が頭の中で膨らむ。

それにこの進展っぷり。以前だったら絶対、ミハエル様の顔に泥を塗れませんとか言って、間違いなく使徒モードな返事だったはずだ。それが妻と認めてもらいたいからとか、健気すぎる可愛さ。
結婚して本当に、本当に、よかった。
「誰になんと言われても、俺は認めているからね」
というか認めない奴は、地に埋めてやる。
「私が認められたいだけなので……えっと。あっ、そうだ。ミハエルに実は確認したいことと
お願いごとがありまして」
「珍しいね。でもおねだりしてくれるなんて嬉しいな。愛する妻の願いならなんだって叶える
よ」
「あ、愛する……」
恥ずかしくなったのを誤魔化すように言ってきたけど、何だって聞くからいつだって言って
欲しい。
イーシャは俺の言葉にさらに顔を真っ赤にしている。こういういつまで経っても初々しい感
じが本当に可愛いよね。
「えっと、まず確認なんですけど、このロケットペンダントなんですが」
イーシャは自分の首にかけていたロケットペンダントを外し俺に見せた。それは祖母から俺
に譲られ、大切な人ができたら渡しなさいと言われていたものだ。
確かまだイーシャが、婚約者が俺だと知らない頃に、何かプレゼントをしたくて選んだはず。

「これ、返した方がいいですか?」

「は?」

俺は何を言われたか分からないまま差し出されたそれを見つめた。えっ。それ、どういう意味?

祖母に大切な人に渡しなさいって言われたっていうくだりも話したことがあるよね? えっ。何で返そうとするの。

「い、イーシャ。それはどういう意味なの?」

「どういうとは? えっと? 言葉そのままの意味ですけど」

震える声でたずね返してみたけれど、イーシャはあまりに普通だった。その言葉の深刻さを理解していない。

イーシャの行動は読めないところが俺は好きだけど、こういう読めないのは別だ。たぶん特に深い理由なく返すべきかをたずねているのだろうけど、何故そんな返すという発想になったのか。

「後、お願いごとの方なのですが、近々実家に帰らせていただきたいのですが……」

……えっ?

今度こそ、空気が凍り付いた。

「い、今、何て?」

イーシャからのおねだりなんて珍しいし絶対叶えてあげようと笑っていたけど、このお願いは笑えない。一瞬で天国から地獄に突き落とされた気分だ。

えっと。まさか、ペンダントを返した方がいいか発言も本当にそういう意味？　待って。何で？　俺、何かした?!

「えっと。できれば早めに実家に帰りた――」

「嘘。待って。嫌だ!!」

きっと聞き間違えに違いない。そんなわずかな希望をも打ち砕くように繰り返される発言に、俺は膝から崩れ落ちそうになる。

どうして、そんな恐怖の言葉を何度も言うの？

イーシャの気持ちは俺の言葉など響かないぐらい既に固まっているの？

「は？　えっ？　駄目ですか？」

イーシャは断られるなんて思ってもいなかったような顔をするけれど、断るに決まっているよね？　それとも誰かに、俺がイーシャを手放したがっているとか、ないこと、ないことを吹き込まれたのだろうか？　はっ?!　まさかお茶会で？

こんなことになるなら、女子だけの集まりだから妹達から絶対来るなと言われたけれど、用事がありました的な顔をして参加すればよかった。

クッソ。そんなデマを流した奴出てこい。叩き切ってやる。

「駄目駄目駄目！　俺を捨てないで！」

むしろ何で駄目じゃないとイーシャは思ったのか。

俺はイーシャにこれ以上決定的な何かを言われたくなくて、ギューギューとしがみついた。

かつて俺は格好を付けたばかりに、散々な目にあってきている。つまりここは、素直に懇願する一択だ。

「す、捨てる?!」

イーシャの声が裏返る。相当動揺しているらしい。

イーシャは俺のことを神に例えることが多々あるので、捨てるという単語は違うのだろうか。もしかしたらイーシャのことだし、自分こそ捨てられる側とか考えているかもしれない。でもこの場合は明らかに俺が捨てられる側だよね？

「また誰かに浮気をしたとかでっち上げの噂をされた？　それとも俺の愛が重すぎて逃げたくなった？　もしくは俺が神様とは程遠い人間だと気が付いた？」

口に出すと、すべてが当てはまる気がしてくる。

妹達にもよくイーシャの話をしては、重いとドン引きされていたのだ。でも嫌だ。別れたくない!!

俺は黙示録のラッパのような史上最低の言葉を前に、イーシャを放すものかと腕に力を入れた。

突然ミハエルが壊れた。

そんな状況を前に、私は何故こうなってしまったのだろうと途方に暮れる。

「えっと。特に噂は聞いてないですし、愛は私の方が重いつもりですし、かなり前からミハエルとミハエル様は別物と認識していますが……」

ギューギューと抱きしめられて、嬉しいや気恥ずかしいを通り越して、物理的に痛い。武官なだけあって、ミハエルの力は強いのだ。

「なら花束とか何も贈ってなかったのがよくなかったのかい？　ディディはエリセイからしょっちゅう花束をもらっているし、よく考えるとショックかも……。別に俺もイーシャに贈りたくなかったわけではなくて、俺の姿絵以外で何を贈ったら喜んでもらえるか分からなかったんだ。でもサプライズとか考えている場合ではなかったね……。金塊がいいかな？　それとも宝石？　城？　土地？　なんなら島を買う？」

ひぃ。

ブツブツとつぶやくとんでもない単語に悲鳴を上げそうになった。もしも島をプレゼントだよとサプライズされたら、倒れる自信がある。

「落ち着いて下さい。十分ミハエルからはもらっています。えっと、ロケットペンダントで何か誤解されるようなことを言いましたっけ？　ああ。別にこのペンダントが気に入らないとかそんな話をしようとしたのではないんです。今も宝物として扱っていますし」

ミハエルがどうしてそんな話をするのか分からないが、このとんでもない贈り物構想を全力回避しなければ。ミハエルの腕から離れようと体を押して説得を試みるが、まったく動かない。それでも少しだけ隙間を作った私は、ミハエルの顔を見上げた。

するとと少し青ざめた顔をしたミハエルと目が合う。

「そうなの？」

「はい。島をプレゼントされるより、ずっと嬉しいです」

というわけで、島なんて買わないで下さいねと言外にお願いしておく。そもそも島なんてどこに売って……。まさか戦争でなんて物騒な話じゃないよね？　普通ならできないので笑い話になるけれど、ミハエルなら何とかしてしまいそうな怖さがある。

「それなら、なんで返すなんて言うのさ？」

少し落ち着きを取り戻したミハエルは子供っぽく唇を尖らせると私を締め付けようとする力は緩めてくれた。それでも私の手は離さない。

元通りというわけにはいかないらしい。

「いえ。返すというか、ふとこれを受け取った時に、預かると言っていただけだったなとお茶会の席で思い出しまして」

「ああ。そういえば、そんなこと言ったっけ。あれはどうしてもイーシャに受け取ってもらいたかったからだけど、ちゃんとその後に訂正をしなかった俺が悪いね。もちろん、そのペンダントはイーシャに持っていて欲しい。俺が一番大切な人はイーシャだから、祖母もきっとその方が喜んでくれるだろうし」

大切な人だとミハエルは何度も言ってくれるけど、言われる度に照れる。できればミハエルが言うようにお婆様も喜んで下さっていると嬉しい。

「分かりました。なら、改めて受け取らせていただきます」

「これは、まあそれでいいとして。特に不満がないならどうして実家に帰りたいなんて言うの？」

ミハエルは真剣な顔で私にたずねて来た。

「もしかして公爵家では、嫁ぐと妻は実家に行ってはいけない決まりがあったりするのでしょうか？」

嫁に出た娘が頻繁に実家に帰るのはあまり歓迎されることではない。でもタブーというわけでもないと思っていた。しかし公爵家のしきたりでは違うのだろうか。

「えっ。もしかして……ただ行きたいだけ？」

「はい。えっとそれ以外に何かありましたっけ？」

何か別の意味にとられるような言葉があっただろうかと首を傾げていると、ミハエルは深いため息をついた。

「よかった。離縁を申し込まれたのかと思ったんだよ」

「へ？　り、離縁?!」

「もしくはその一歩手前の別居とか」

「別居?!」

想像を超える言葉に、私には宇宙が見えた。まったく理解できない。

「えっ。ま、まさか、ミハエルは私と離縁したいと……」

「そんなわけないだろ?!　だったら、捨てないでなんて俺が言うのはおかしくない？」

確かに。

そうは思ったけれど、私が離縁を要望する方があり得ない。普通に考えて私は離縁を言い渡される側だ。

「イーシャが実家に帰りたいなんて言うから」

「あー……なるほど」

私はようやく合点がいって、ポンと手を打とうとしたが、いまだミハエルの手が離れない。

……別に逃げ出したりしないんだけどなと思い、苦笑いする。

言われてみると、妻が別れを切り出す時によく【実家に帰る】という言葉を使う。帰る場所が夫婦の住まいではなく、元居た生家だからだろう。そういえば、無意識に帰ると言っていたかもしれない。

「言葉足らずな物言いをしてしまい申し訳ありません」

まさか私が離縁して下さいと切り出したと思われたなんて。むしろ承諾されなくてよかった。

「こっちこそ、勝手に勘違いしてしまってごめんね。でも俺の人生にはイーシャが必要なんだ」

「もちろん、私もです！　あー、神様という意味ではなくて」

過去の私の様々な発言や行動のせいで、ミハエルは時折曲解してしまうので、随時否定が必要になっている。申し訳ない限りだ。

「うん。よかったよ。一緒に過ごして、神様の俺とは違うと幻滅されて、これ以上一緒に暮らせないと思われたら立ち直れないからね。もちろん他に好きな人ができたとかも認めないけど」

「そんなことは絶対ないので!!」

ミハエルの声色が後半、低くなった気がした。目も若干座っている。ミハエル以上に好きな人なんてできるはずがないけれど、これ、もしもできたらどうなるんだろうなという、怖いもの見たさなわくわく感が……。いや、駄目よイリーナ。ミハエル様のレア表情を追い求めたら、今度こそミハエルが壊れる気がする。

そもそもミハエルは心配しすぎなのだ。ミハエルとは違って、私は生まれてこの方一度だって、色目を使われたことがない。確かに神様のミハエル様と目の前のミハエルには若干の誤差があり、なんというかミハエルは可愛いなと思ってしまうことはある。でも幻滅なんてとんでもない。

むしろそのギャップがいい。

「うん。それならいいんだ。俺も犯罪はしたくない……んんっ。えっと、それで、突然実家に帰りたいって、どうしたんだい？」

ミハエルはいつもの調子を取り戻したようだが……手が離れない。私は少しだけ自分の方へ引っ張ってみるが、やっぱり離れない。

顔を見ても、にこやかな美しい笑顔があるだけだ。私は夕食時までこの手が離れないのを確信し自由になるのは諦めた。

「実は父から手紙をもらいまして。そこに、今年は雪が深くなるかもしれないと書かれていたんです」

「雪が深く？」

「はい。元々カラエフ領は雪しかないような土地なのですが、それでもあえて雪が深くなり氷龍も出現するだろうと書かれると心配になりまして。手紙には使用人を雇ったから心配するなとも書かれていたんですけど、雪かきや氷の神形の討伐は毎年私がやっていたので」

父の運動神経はあまりに壊滅的で、父が雪かきや討伐を行った場合、二次被害が予想される。そのため私ができる限り引き受けていたのだ。

「毎年？　出稼ぎはその間はしていなかったの？」

「はい。いつも春から秋にかけて出稼ぎをして、冬は実家にいるようにしていました。でも時折秋からできれば領地にいて欲しいと言われる年もありまして、そういう時は氷の神形が増え、氷龍も頻繁に出現していたんです」

「えっ。カラエフ伯爵は、氷の神形が増える兆しが分かるのかい？」

「たぶんですけど、分かっていると思います。父がいると言えば、必ず氷龍は出現していましたから」

どうやって見極めているかまでは分からないけれど、討伐に行けない代わりに、神形の出現を見誤ることはなかった。記憶力がいいので、例年との違いがはっきり分かるのだろうと思っている。

「それは凄いね。神形が増える兆しはまだ討伐部でも解明できていないんだ。発現のタイミングが分からないのと同じようにね。各地にこれが起こると雪が深くなる的な言い伝えはあるけれど、確実に的中させるものではないから。もしも本当に兆しを見極められるなら世紀の大発見だよ」

「えっ。そう言われると……ちょっと心配になるのですが。いや。うーん、私が勘違いしている可能性もある気が……」

世紀の大発見。言われてみると確かにそうかもしれないけれど、あの父が世紀の大発見……。似合わなすぎて勘違いでしたごめんなさいと言いたくなる。

「いや。でも、あり得なくないとは思うよ。義父の記憶力なら。そうだ。それなら、俺も一緒にイーシャの実家に行くよ」

「えっ。仕事は大丈夫なんですか⁉」

思い付きで行ける距離にないのが、田舎なのだ。バーリン領に帰るのとはわけが違う。カラエフ領に行くならば、泊まりを覚悟しなければいけない。

「うん。去年は雪祭りに合わせて長期休暇をもたったけど、討伐部は本来秋に休暇を取ることが多いんだ。氷の神形の討伐が多くなる前にね。だから仕事もかねてと言えばたぶん大丈夫だよ」

ミハエルの仕事は国家機密の取り扱いもあるので具体的には知らない。だから休めるとミハエルが言うならば、そういうものなのだろうと思うしかない。

「えっと。ご存じだと思いますがカラエフ領は本当に何もないつまらない場所ですよ？」

畑ばかりで、冬になると雪が降るだけの場所だ。田舎を舐めてもらっては困る。

「いいよ。折角だからイーシャの生まれ育った世界を見たいという俺の我儘だから。……駄目かな?」

駄目? えっ? 駄目?

こんなキラキラとした瞳で懇願されて、駄目? 誰、そんな不遜な駄目だしをする奴。

そもそもミハエルに対しては、よっぽどのことがない限り、ノーなど言えない。

「……よろしくお願いします」

私は熱に浮かされるまま了承する。ミハエルのご迷惑になるのは不本意だけれど、ミハエルが望むなら仕方がない。

「よし。そうと決まったら、夕飯を食べようか」

「……えっと、このままだと食べられませんよ?」

私は繋がれた手を持ちあげ苦笑いした。ミハエルはその言葉にキョトンとする。……あれ?

「そうかな? 幸い、俺の右手は空いているから、隣に座って食べさせてあげるね」

「えっ? ええ?」

「遠慮はいらないよ。上手くできない時は、イーシャの左手を借りるね」

いいことを思いついたとばかりの笑顔でずんずんと私を引きずって歩いて行くミハエルを前に、私は思った以上にミハエルを怒らせてしまったことに気が付く。どうして夕食時になればこの手が離れると思ったのだろう。

私は私の罪を償うため、かつてないほど恥ずかしい食事をする羽目になったのだった。

最初は一人馬にまたがり行こうと思っていたけれど、ミハエルと共に実家に行くことが決まったため、馬車で優雅に移動することとなった。

「たとえ一人で帰るにしても、馬車にしてね。後、使用人も一人は連れて行って」

「えっ。でも距離があるので、できるだけ身軽な方が馬もよく走ると思うんですけど。後は男装すれば、盗賊の危険も減りますし……その……」

一人旅なら断然馬のみだし、何もないカラエフ領に使用人にまでついて来てもらうなんて申し訳ないと思い、話す。しかしミハエルの凄(すご)みのある笑みに負けた。やはり次期公爵の嫁が男装して馬にまたがり一人で行動するというのはこっそりでもマズイらしい。

とはいえ今回は一人旅ではないので、ちゃんと言われた通り移動手段は馬車にした。だからそんな信用ならないというような目で見ないで欲しい。

「イーラ姉様だったら、休みなしで目的地まで走らせてしまいそう」

「流石(さすが)に馬が疲れてしまうので無理ですよ」

早く着くのに越したことはないが、カラエフ領は遠すぎてそれは無謀というものだ。

「自分ではなく馬が理由なのね」

「えっと……走るのは馬ですから」

むしろ馬以外にどんな理由があるのだろう……。

もしも自分の足だけで行こうと思うと、一ヵ月ぐらいかかってしまう。だから馬は大切だ。

絶対限界を超えさせてはいけない。

「おはようございます。お姉様方！」

「アレクセイ、おはよう」

馬車の前で話していると、茶色のジャケットを着たアレクセイがやってきた。私と同じ亜麻色の髪を揺らしながら、小走りでこっちまでくる。

そして目の前までやってくると、にこりと青色の瞳を細めた。

「本日はご同行を許可していただきありがとうございます。美しいお姉様達とご一緒できて光栄です。よろしくお願いします」

「いいわよ。イーラの弟だもの」

「そうそう。一人ぐらい増えたって変わらないし」

今日もいつも通りアレクセイの口がよく回っているなと思ったけれど、姉妹もアレクセイの褒め癖は分かっているので、適度に流してくれていた。ありがたい。

何故ここに私の弟までいるのかというと、ミハエルと実家に行くことが決まった翌日に、アレクセイが私を訪ねてきたところから話は始まる。どうやら父はアレクセイにも私と同様の手紙を送っていたらしい。

アレクセイはまだ学生なので普段は雪が深くなるなどの手紙は送ってこないが、私が嫁いだためか、領地の状況が書かれた手紙が来たそうだ。そちらも心配しなくても大丈夫と書かれ、学業頑張りなさいとなっていたそうだが、流石に不安になったらしい。

そのためミハエルにお願いし、アレクセイも一度領地の様子を見に行くこととなった。将来はアレクセイが伯爵を継ぐのだから、領地の状況を気にするのは当たり前だ。

そして私がカラエフ領に帰り王都から離れるので、このタイミングでディアーナやアセルもバーリン領に戻ることとなった。春からずっと一緒に王都で過ごしてきたので寂しいが、バーリン領と王都は日帰り可能なぐらい近い。それにディアーナは来年の秋に結婚したらそのまま王都住まいになるようなので、永遠に会えなくなるわけでもない。

「義兄さんもおはようございます」

「おはよう。今日はよろしくね」

挨拶を交わしたアレクセイとミハエルは熱く握手をした。……それにしても二人共、手に力を入れすぎではないだろうか？

笑顔なのでそこまで痛くはないんだろうけど、握った手が赤くなり震えている。

「じゃあ、イーラ姉様はこっちね」

「はい。では、また後で」

「えっ。姉上?!」

アレクセイも合流したことで、私とアセルとディアーナ、それに使用人のオリガの四人で馬車に乗り込む。人数が多いのでバーリン領までは二つの馬車を使うことになり、アセルとディアーナの意見で、男女で分けることとなったのだ。

ミハエルは夫婦が一緒の方がと言っていたけれど、しばらく会えなくなるのだから譲れと姉妹に言い負かされての席割りだ。何だかんだ、ミハエルは妹に弱い。私も弟のお願いには弱いので分からなくはない。

車内ではいつも通り会話を楽しんだ。

出会った当初はミハエル様の妹君ということでもの凄く緊張したけれど、今は二人と一緒にいるととても楽しい。

「ミーシャ達の馬車は大丈夫かしら?」

「うーん。お兄様は大人ではあるけど愛が重いし、アレクセイもイーラ姉様大好きだもんね」

楽しく会話していると不意に二人がもう一台の馬車を気にした。

「えっと。一応アレクセイは学校に通っているので、礼儀正しくしていると思うんですけど」

学校では上級生がいる生活をしているので大丈夫だと思いたい。でも二人が心配しているとなると、アレクセイは家族では気づきにくい問題行動を起こしているのだろうか?

「うん。礼儀に関しては問題ないと思うよ」

「そうね。アセーリャよりも年上じゃないかと思うぐらいしっかりしているわ」

「お姉様、なんで私と比べるの？　もう。いつだって、私のことを子供扱いするんだから」

ぷくっと頬を膨らませた姿は可愛らしいが大人っぽさからは遠い。そのわざとらしい姿にくすりと笑う。

ディアーナも呆れ顔をしつつ、その膨らんだ頬を指でつっつく。やっぱり姉妹のじゃれ合いは可愛くて癒される。これが見られなくなると思うと寂しい。

「もう。これでずっと会えないわけではないのだから、そんな寂し気な顔しないでよ」

「あっ。すみません。顔に出ていました？」

私は慌てて顔を押さえる。どうしようもないことなのだから姉妹に負担をかけないように気を付けていたのだけど……。

「出ていたけど、私は嬉しいなぁ。イーラ姉様とそれだけ仲良くなれたということでしょう？　あーあ。来年にはお姉様も結婚されて王都に行ってしまうから、絶対私の方が寂しくなるんだよねぇ。絶対沢山王都に遊びに行くから！」

「ちょっと。アセーリャだって、すぐに結婚の準備することになるんですからね。私がいないからといって遊び歩かないでちょうだい」

ディアーナが苦言を呈するとアセルはニコリと笑った。

「でもイーラ姉様のところに赤ちゃんが生まれたら、子育ての勉強に行くって言えるし、ただの遊び歩きじゃないわ。大丈夫。そうじゃなくても、それっぽく理由をこじつけるのは得意なの！」

「大丈夫じゃないわよ。お願いだからそんな特技、自慢しないで」

「とか言いながら、絶対お姉様も王都住まいになったらイーラ姉様のところにしょっちゅう顔を出しに行くの、分かっているんだから」

可愛らしい喧嘩をする二人を見て、彼女達と義理の姉妹になれて本当に幸せだなと思った。

イーシャ達に先に馬車に乗り込まれた俺は、仕方なくアレクセイと一緒に無言で馬車に乗り込んだ。

妹達はイーシャと仲がいいから楽しいだろうけど、俺と彼はそれほど仲良くはない。そもそもこの弟、かなりの姉至上主義者だ。そんな彼とイーシャの最愛に収まった俺が相いれるとは思えない。

とはいえ彼は末の妹であるアセルより年下だ。俺から敵対心をむき出しにするのもなんだかなと思うので、正直二人きりにされると、どう扱っていいのか分からなかった。

それにしても、アレクセイはイーシャと同じ髪色で瞳の色こそ違うがよく似ている。

「……何で僕が貴方(あなた)と同じ馬車なんですか」

「それはこっちのセリフだよ」

しばらく無言のまま移動していたが、無言に疲れたのか、アレクセイがそうぼやいた。

「僕は姉上と一緒がよかったです」

「奇遇だね。俺もイーシャと一緒がよかったよ」

イーシャ倍率が半端ない。

「貴方は姉上と同居しているのですし、たまにはいいじゃないですか」

「俺はいつだってイーシャと一緒にいたいんだよ」

そもそも同居しているとはいえ、日中は仕事に出かけているのだ。休みも中々もらえないので、一日中イーシャと一緒にいられるかといえば、そうでもないので常に満たされない。

「……束縛が酷(ひど)いと姉上に嫌われますよ」

「本当に可愛くないことを言うね。イーシャはそんな俺も愛しているんだ。勝手にイーシャの気持ちを代弁しないでくれないか？　そういう君こそ、そんなことばかり言っていると、イーシャに愛想つかされるんじゃないか？　弟だからって何をしても許されると思わない方がいいよ」

束縛が強めな自覚はある。図星をつかれて、ついつい子供相手にムキになってしまった。俺の言葉にアレクセイが悔しそうに唇を噛む。

何かを言い返してくるかと思えば、アレクセイはそのまま黙ってしまった。これでは俺の方が虐めているようだ。

「とはいえ、イーシャはやさしいし、心を入れ替えれば――」

「にわかの癖に何を言っているんですか。姉上のことは僕の方がよく知っています」

少し慰めてあげようと思えば、またも可愛くないことを言い出した。本当に義弟というのは可愛くない。相手も俺に可愛いがられたいなんて思ってもいないだろうけど。

「にわかってねぇ」

にわかはないだろ。にわかは。

俺は十年もイーシャに片思いし続けていたのだから、片思い歴は長い。

「僕の方が年下ですが、姉上との付き合いは僕の方が長いんです。当然、僕の方が姉上のことをよく知っています」

「いやいや。それはどうだろう。君がイーシャと幼少期は一緒に過ごしてきたのは知っているよ。でも彼女は八歳から出稼ぎを始め、君も十二歳から王都の学校に進学している。最近の情報は俺の方が知っているはずだ」

なんたって、俺、夫。

昔のイーシャに関しては仕方がないとしても、大切なのは今だ。

「最近はそうでも、過去の積み重ねがあって今の姉上は作られているんです。例えば、カラエフ領の道を姉上が歩くとキャーキャー言われるとか知っていますか？」

「何それ。どういう状況？　はっ。まさか、イリーナ教⁈」

とんでもないパワー単語に俺が食いつくと、アレクセイは意味深な表情で頷いた。

「かつて、姉上に助けられた者や姉上の武勇伝を知っている者が奏でる歓声です」

「……ちなみに男もいるの？」

「いえ。清らかな姉上を見たやましい心を持つ男は、こぞってギャッと悲鳴を上げます」

男がイーシャに対してキャーキャーやっていたら絶対嫉妬するけど、ギャッと叫ばれても、それはそれで何が起こったのか気になる。

「カラエフ領なら皆が知る常識ですが、貴方は知りませんよね？」

ふふんと鼻で笑われ、カチンとくる。気になるけど、イーシャについて自分の方が知ってる風に言われるといい気分がしない。

「でも君は、最近イーシャが習得したフォーク投げは知らないよね。抜群のコントロールで、数メートル離れた相手の手の腱も狙えるんだ」

「えっ。何それ」

俺も実際に目にしていなかったら、何を馬鹿なことをと言いたくなる。しかしイーシャはそれを可能にしてしまい、俺を助けてくれたこともあるのだ。ミハエル様の一大事と思えばとやってしまう彼女の潜在能力の高さは、時折人間離れしている。

「さらに着ぐるみを着て助けてくれた時は……熊のような強さだった」

王子様と言いたかったのに、頭に浮かぶのは熊の着ぐるみ。一瞬言葉に迷ってしまった。アレクセイも疑わしそうな眼をしている。でも嘘のような本当の話だ。

「あ、姉上は昔から武芸に優れていましたからね。そういえば、昔家畜が脱走する事件があった時も、姉上が逃げるヤギを捕まえてくれました。捕まえられたヤギはその後も姉上にはとても従順でした。姉上は動物の心も掴んでしまうお姫様のような人なのです」

何故だろう。動物に懐かれるイメージは確かに美しいお姫様なのに、イーシャがやってのけたと聞くと、ヤギの本能がイーシャを群れのリーダーと認め、逆らってはいけないと判断したかのように感じてしまう。

決してイーシャの心が清らかではないとかそういう話をしているのではない。ただ、漠然とイーシャが強すぎるイメージが先行しているからだ。

「干し草の上で動物と昼寝をする姉上の神々しさと言ったら……」

「うう。悔しい。俺だって、色々タイミングとかが違ったら幼馴染になれたかもしれないのに」

動物と昼寝とか、見たい。本当に見たい。もふもふっとしたものに包まれたイーシャなんて可愛い以外に何があるというのか。

「でもこれはどうだい？　実は出稼ぎ時代、イーシャが旅芸人に交ざって手伝いをしていたことがあってね。その時は異国風の衣装を着ていたんだ。あの時のイーシャも可愛かったよ」

確か旅芸人側にトラブルが起こり、人手が足りなくなって急遽イーシャが手伝いをしていたのだ。その時手伝いだけとはいえ、舞台衣装を着ていたイーシャは、俺が記憶する限り中々見られないレアイーシャだった。

「何ですか、それ?!　見たかった……んんっ。それなら僕だって。姉上は領地で討伐をする時は男装するんですが、それがまた凛々しくて」

「それなら俺だって、イーシャが俺とお揃いの仕事着を着た時のとっておきの話があるよ」

ふふふふと俺達は微笑みあった。

相手に不足なし。今こそ、俺のマル秘イーシャネタが火を噴く時だ。その後俺達は、公爵家に着くまでの間ずっと、イーシャネタを披露し続けるのだった。

楽しく歓談をしていたが、その時間も永遠に続くわけではない。

ガタガタとした揺れが唐突に止まった。どうやらもう公爵家に着いたらしい。楽しい時間というのはあっという間だ。

名残惜しいけれど、いつまでも乗っているわけにはいかない。私達が馬車の外へと出れば、既にミハエル達が馬車の外で待っていてくれた。前方を走っていたのだからそれはおかしくないのだけど……。

「えっと。凄く疲れた顔をしていますね」

ミハエルだけでなく、アレクセイもだ。ただ馬車に乗っていただけなはずなのに疲れたような顔をしている。二人共馬車酔いをしないタイプなので珍しい。喧嘩したわけではなさそうだけれど……。

「うーん。なんと言うか、とても充実していたような、そうでもないような？」

「自分がまだまだだと突きつけられ悔しくもありますが、知らないことも多く、とても勉強になったような、腹立たしいような？」

一体どんな会話を車内でしていたのだろう。

二人の会話がまったく想像つかない。一つ言えるのは、白熱した討論をし合っていたということだけだ。勉強になったということは政治か何かだろうか？　どちらも爵位を継ぐ立場の人間だしそれぞれの考え方がありそうだ。

「あー……二人だけだとそうなるんだ」

「ほどほどにしておきなさいよ。さあ、中に入りましょう」

アセルとディアーナは二人がどんな状態なのか察しがついたらしい。流石仲良し兄妹だ。私はミハエルの妻でありアレクセイの姉であると言うのに、まだまだ修行が足りない。

使用人に案内されるまま、屋敷の外に準備されていたテーブルへと向かう。気候がいいので外での食事は楽しそうだ。

「皆、おかえり。アレクセイ君もよく来てくれたね」

「今日はお招きありがとうございます。お邪魔します」

「イーラの弟なんだから、私達の息子のようなものだ。気を使わずゆっくりしなさい」

テーブルには既に公爵夫妻が座られていた。

私達は挨拶もそこそこに食事を始める。私とミハエル、それにアレクセイはこの後まだ、次の滞在予定の場所まで移動しなければいけないためだ。安全のため、日が出ているうちに宿泊場所に到着したいと思うとあまりゆっくりはできない。

「そういえば、ずっと工事中だったバーリン領と王都を繋(つな)ぐ線路がようやく完成したよ。蒸気機関車が走るようになればもっと簡単に王都と行き来できるようになるだろうね」

「やっとできたの？」

「結構かかったわね」

食事をしていると、義父が話題を振ってくれた。

姉妹は路線が作られていることを知っていたらしく、義父の言葉に相槌を打つ。

「イーシャやアレクセイは、蒸気機関車を知っているかい？」

「見たことはありませんが、学校で話だけは聞いたことがあります」

「私も同じく見たことはありませんが、異国の方から話を聞いたことがあります」

蒸気機関車は、鉄の塊が線路というものの上を走り、人や物を運ぶことができるものらしい。鉄が動くというのが、神形のようなものなのかまったく違うのかまでは話だけではよく分からなかった。でも馬車よりも早く大量の荷物を運べるという話なので、移動がとても便利になるものなのだろう。

「私達は一度異国に旅行に行った時に見ているんだ。妻の母親はその蒸気機関車が既に走っている国の出身でね。一度走っている姿を見せてもらったけれど、それはもう凄い迫力だったよ。黒い煙を吐いてね、大きな体だけど馬よりも早く走るんだ。一つ残念なのは、線路というものがなければ、走れないところだね」

「私は臭いも嫌だったなぁ」

「そうね。あの黒い煙と、後は音もちょっとどうかと思ったわ。でも便利ではあるわね。最近は王都からバーリン領の温泉に来る人も多いけど、やっぱり馬車で移動しなければいけない距離というのはそれなりにあるから」

　バーリン領は観光地としても栄えている。王都と近いので、貴族の方や裕福な商人などが足をのばすのだ。だからバレエ団なども成り立つ。

　もしもこの行き来がもっと簡単になれば、よりバーリン領は栄えることとなるだろう。

「私はこの蒸気機関車を、将来的にはもっと遠くまで繋げないかと思っているんだ。上手くいけば、カラエフ領まで線路を作れるかもしれない。とてもいいと思わないかい？　イーラはどう思う？」

　どう思うと言われても、私はまだ線路も蒸気機関車も一度も見たことがないので、中々上手く意見は言えない。でも異国の商人に話を聞いた時、真っ先に私の領地は無理だと思った。

「もしもできればありがたいのですが、カラエフ領は雪が深すぎて、冬の運用は難しい気がします。そうすると、採算の部分で難しいのではないでしょうか？」

「そんなに雪が凄いのかい？」

「はい。馬車での移動も難しいぐらいなので。それに冬は神形も多く出るのでやはり難しいかと」

　もしかしたら何か方法はあるのかもしれないけれど、そこまでのお金をかけて路線を敷くことへの利点が薄い気がする。現在のカラエフ領は農業だけしかやっておらず、ほぼ自給自足だ。冬は雪が深すぎて他領とのやりとりもなくなるので、農業を頑張らなければ生きていけない土地柄だからでもある。

「そうか。アレクセイ君はどう思う？」

「僕も姉上と同じです。でも王都が遠すぎるために、何か産業を始めたとしても運送費が高すぎて難しいので、もしも開通できたら嬉しいとは思います。ただやはり姉上が言う通り、利用率等を考えるとあまり採算が取れない気が……」

アレクセイも領地をどうしていくのが一番いいのか考えていたのだろう。物を沢山売りたいのなら王都に持っていくのが一番だけれど、そこまでの運送が大変なのがカラエフ領だ。他にはないけれど欲しいと思わせる高額商品があれば王都まで運ぶ価値は出てくるが、今まで通りの農業だけだとメリットはまったくない。

「そうか。蒸気機関車、凄くいいんだがなぁ」

「あなた。困る質問をしないで、もっと楽しい話をして下さいな」

どうやら公爵はかなり蒸気機関車を気に入っているらしい。妻にまで駄目だしされてしょんぼりしている。

実際に走っているところを見ればまた考えも変わるかもしれないが、現状はカラエフ領まで走るイメージができない。

「そういえばカラエフ領はこの国の中でも、特に氷の神形が多く出現しやすい地域らしいね。最近は安定しているから全然知らなかったけれど」

「そうなのですか？　冬はカラエフ領でしか過ごしたことがないので、他の地域を知らなくて。確かに氷の神形の出現は多いと思いますけれど」

冬は私も討伐に加わらなければならないので、領地以外で過ごしたのは、バーリン領だけだった。バーリン領に比べれば多いとは思うけれど、比べる対象が少なすぎて国の中でも特に多いのかは分からない。

「そういえば領主がイーラの御父君に代わってから災害が落ち着いているから、ミーシャは知らないんだね。あそこは昔から厳しい土地柄で、カラエフ領出身の若者は武が強いと言われているよ。今落ち着いているのは、きっと現カラエフ伯爵の統治がいいんだろうね」

息子が結婚するのだからバーリン公爵がまったくカラエフ領について調べていないとは思わなかったけれど、話の感じから前々から知っていた雰囲気だ。ド田舎（いなか）なのに公爵の耳に入るほど災害が酷い地域だったのか。

「「「……武が強い」」」

ミハエルと姉妹が同じ部分だけを繰り返し私を見た。納得というような顔をしているのを見ると微妙だ。私はへらりと笑っておく。

「イーラは早朝にランニングをするぐらい活発ですものね。流石はカラエフ領のお嬢さんだと思ったわ。アレクセイ君も剣などは得意なの？」

「そうですね。人並みには使えると思います。ですが姉上の……いえ。人並みです」

　私については言わないでと目線で訴えれば、寸前のところでアレクセイは思いとどまってくれた。いつまで猫をかぶっておくべきか分からないけれど、もうしばらくは内緒にしておきたい。

「へえ。今度手合わせして欲しいな」

「ええ。僕も義兄さんと真剣勝負がしてみたいです」

　ミハエルとアレクセイが再び異様な雰囲気で笑みを交わしている。稽古をつけたいとかそういう感じではない気がする笑みだ。しかしそんな雰囲気にも公爵夫妻はまったく動じていなかった。むしろ楽し気だ。……色々心臓が強いらしい。

　そんなこんなで楽しいような胃が痛いような会食は終わり、私達は姉妹と別れ馬車に乗ったのだった。

　馬車での旅はかなりゆっくり計画されていて、五日ほどかけてようやくカラエフ領へと到着した。急げば三日ほどでつく距離なので、ある意味観光をしながら帰ってきた感じだ。

ね？」

「折角(せっかく)だから、ここからは歩いて行こうか。イーシャも領地の様子とか気になっているよ
「そうですね。ミハエルが疲れていないなら。アレクセイはどうする？」

「もちろん僕も姉上と一緒に行きます」

伯爵邸の近くまでくるとミハエルからの提案もあり、私達は荷物だけ先に馬車で運んでもらうことにして降りた。荷物のことはオリガがよく知っているので、彼女に任せる。事前に手紙が届いているはずなので、突然伯爵家の馬車が現れても父が泡を吹いて倒れることはないだろう……たぶん。

秋になったおかげで日差しの強さも和(やわ)らぎ、本当に快適な気候だ。いい風も吹いている。今年の雪は深くなるという父情報が間違っているのではないかと思うぐらいだ。

でも父だって確信がなければ雪が深くなるなんて手紙を冗談でも送ってはこないと思う。

「あれ？　もしかしてイリーナ様とアレクセイ様じゃないか？」

「えっ。本当だわ。もう帰ってこられたの?!　結婚されたばかりなのに」

道を歩いていれば、丁度(ちょうど)ライ麦の種まき中の夫妻に声をかけられた。サラファン姿の中年の女性は信じられないものを見たように目を丸くしたので、私は慌てて首を振る。

「ちょっと父に用があって帰ってきただけだから！」

離縁や別居説が流れては困るので、大きな声で否定しておく。田舎は町より刺激が少ない分、

こういった噂はすぐに浸透するのだ。

　私としては自分自身が本当に離縁されてないのなら噂が流れるぐらい気にしない。でもミハエルは気にするタイプだ。行き違いが起こらないためにも、滞在中に変な噂が流れないように注意しておかなければ。

「なんだ。うちのせがれが、イリーナ様が結婚なさってがっくりきていたんですよ。離縁されたら教えて下さいね」

「えっ。イーシャどういうこと?!」

「あれは冗談です。生まれてからこれまで一度も誰かに告白されたことなんてないですから」

「あら、旦那も一緒だったんですね。ごめんなさいね！」

　まったく悪びれず奥さんは笑っているけれど、私はあまり笑えない。ミハエルは嫉妬する相手がいないのに、一生懸命架空の敵を見つけるという変わった趣味があるのだ。この嫉妬深さも愛情表現の一つだとは思うけれど……私はモテた例しがないので無意味な労力なのは変わりない。

　農家夫妻と別れた私達は再び伯爵邸に向かって歩きだしたが、ミハエルからの視線が痛い。視線で穴が開きそうなぐらい見られている。たぶんさっきの冗談が原因だろうけど……。

　過去も現在もモテるのは私ではなくミハエルの方だ。

「……アレクセイも知っていると思いますよ。私に浮いた話一つないのは」

視線に負けて、私はもう一度弁明する。嘘偽りなく、ミハエルと結婚する前の私には浮いた話一つなかった。

「はい！　領地では姉上のような美しくも勇猛であり、氷龍（アイスドラゴン）よりも強く、気高い女性に手を出すような向こう見ずな人物はいませんでした」

「待って。その言い方だと私が危険人物みたいじゃないの」

確かに手を出されたことなど未遂も含め一度もない。

でも美しくと気高いは褒め言葉だけれど、勇猛とか氷龍より強くはちょっと違う気がするし、そもそも向こう見ずという言い回しはどうなのだろう。

もちろん貧乏な領主の娘と結婚したところでいいことなどないのは分かる。弟もいるから私と結婚しても、爵位を継ぐこともできないし。でも何だか釈然としない。

「なるほど」

「そういうことです」

納得されるのも微妙だけど、アレクセイが誇らし気なのも凄く微妙だ。

残念な私の過去をミハエルに知られることに対してため息をついていると、農作業をしている私と同年代の女性が手を振ってくれたので、手を振り返す。

するとさらにその妹らしき子も手を振ってくれた。

私は出稼ぎで領地にいないことが多いけれど、会えば皆挨拶をしてくれる。今日は私の近くまで寄ってはこないので、相当農作業が忙しいのかもしれない。少し離れた場所では、わき目もふらずもくもくと作業している人もいる。

「――だから僕はどちらかと言うと出稼ぎ中の方が、変な虫を寄せ付けていないか心配でして」

「その時期は分かる限り確認したけど大丈夫だったよ。イーシャに対して尊敬や畏怖の念を持つ人はいたけれどね」

……隣では、謎の会話が続いていた。

というか、何故ミハエルは出稼ぎ中の私の交友関係を把握しているのだろう。

ミハエルに調べられて困ることは何もないけれど、結婚するために事前に調べるにしたって念入りではないだろうか？

「ミハエル、確認ってどういうことですか？」

一体どんな確認をされたのか気になる。そもそも私のお仕事はどこまで知られているのだろう。

「イーシャのことを知りたくて……。それにしても、カラエフ領は素敵な場所だね」

「そうですか？　畑以外何もないのですが」

あからさまな話題変換だ。

しかも王都に近く、栄えているバーリン領出身のミハエルに言われてもお世辞にしか思えない。そんな私の疑わし気な目に対して、ミハエルは心外なというような顔をした。

「そうだよ。まず、農家の人がイーシャとアレクセイに気さくに話しかけるところがいいね。挨拶できなくても手を振っている子もいるし。イーシャ達は愛されているんだって分かるから俺も嬉しい」

「愛されているというか、討伐を一緒にする仲なので顔が知れ渡っているんです。一応領主の娘でもありますから」

嫌われてはいないだろうけれど、愛されていると言われるとピンとこない。ただ冬は一緒に討伐をしたりもする関係で立ち位置が近く、気安く感じてもらえてはいると思う。

「それから皆働き者だ。休耕地以外では、皆ひっきりなしに動いている」

「そうですね。夏野菜は終わりましたが、まだ他にも収穫はありますし、ライ麦の種もまかないといけないので。そしてまくには開墾(かいこん)が必要なので、休む暇(ひま)がないんです」

あらかたの夏野菜は終わり、既に各家で長期保存できるように加工しているはずだ。

残る収穫はジャガイモやビーツ、それから春まきの小麦だろうか。しかし小麦はライ麦に比べて収穫量は少ない。だから今のうちにライ麦の種をまき、春に収穫ができるようにするのだ。

しかし冬が狂うと、収穫が追い付かなかったり、麦踏みができずライ麦が上手く育たなかったりする。ライ麦の収穫量が減るのは死活問題だ。このライ麦によって一年のごはんが左右されるのだから。

収穫、種まき、どちらも必要であり、秋は皆忙しい。

「私兵団もあそこでジャガイモの収穫を手伝っているみたいです。カラエフ領は事件もほぼないので、神形の討伐が本格化する冬までは、領民総出で農作業をするんです」

私兵団もただ暇をさせておくのはもったいないので、この時期は農業の手伝いに入っていた。もしくは山で鹿などを狩り乾燥肉を作ったり、木を切って薪を作ったりする。

冬は持久戦だ。長く続く冬を生き抜くには、協力して食料を確保する必要がある。

「なるほどね。それでもやっぱりカラエフ領はいいところだと思うよ。他の地域だと、もっと身分差が強く出るから」

「確かに……。カラエフ領は助け合わないと生きていけない土地ですから」

地域によっては領主――つまり貴族は農民を自分の持ち物だと考え、奴隷のように扱っている場所もあると聞く。それに比べると皆貧しいというのは、ある意味平等かもしれない。

「あっ！　あそこにいるの、レフ兄じゃないですか？」

アレクセイが指さした方を見れば、丁度レフが土のついたジャガイモを木箱に入れているところだった。上はシャツ一枚で袖まくりをしている。見事に周りに溶け込んでいて、言われなければ私兵団の団長だと気が付かないだろう。

「レフ兄、久しぶり！」

私が大きな声で呼べば、レフがこちらの方を見た。相当驚いたのか、目を大きく見開いている。

「なななななっ。何でここにいるんですか?!」

レフは私達に気づくや否やこちらに駆け寄ると、少し青ざめた顔で叫んだ。結婚してすぐに、実家に戻ってきたら驚くのも無理ないとは思ったけれど、大声を出すほどでもない。一体何なのか。

そもそも私の隣には夫であるミハエルがいるのだ。一人で帰ってきたわけではないので、そこまで非常識ではないと思う。

「父から今年は雪が深くなるみたいな手紙をもらったから、ちょっと心配で会いにきただけよ」

「はあ?! えっ。いや。その手紙に、カラエフ領には来るなということは書いてありませんでしたか?」

「なかったと思うけど……。でも嫁いでも実家を心配したってよくない?」

確かに嫁いだならば、嫁ぎ先、つまりバーリン領を気にするのが私の役目だ。とはいえ結婚したからといって、長年住んできたカラエフ領を、はいそうですかと見捨てることなんてできない。

「あっ。もしかして、心配しなくてもいいと書いてあったのが、戻ってくるなという意味だったんじゃないですか?」

「えっ。確かにそう書いてあったけれど、そういう意味だったの？　でも何で戻ってくるななの？　結婚したから？」

「分かりませんが、僕の手紙にも心配しなくていいとは書かれていましたし。僕の場合は学業を優先しなさいという意味でしょうか？」

アレクセイに指摘されて、そういう解釈だったのかもと思ったけれど、それにしても分かりにくい言い回しだ。

帰ってきて欲しくないならば、もう少しはっきりと書いてくれればいいのに。そういえば、以前婚約者が誰か知らないままバーリン公爵領に行った時に送られてきた手紙もはっきりとしたことが書かれていなかった。ただあの時はミハエル様が婚約者だと手紙に書いたら私がどう暴走するか分からなかったため、レフに口頭で説得してもらおうと思ったそうだけど……。いや、うん。確かにミハエル様が婚約者だなんて青天の霹靂情報を手紙でもらった場合、奇行に走った可能性が高いので、父の考えは間違ってはいなかった。

でも今回の場合は？

また私が奇行に走る可能性が高い理由があるということ？

「あー……詳しくは俺の家で話しますから、来てもらえませんか？　少々外で話すには憚られる内容でして。とりあえず、イリーナ様達がカラエフ領に帰ってこない方がいい理由は、結婚したからでも学業優先という意味でもないです」

他に理由など思い浮かばないが、どうやらそうではないらしい。レフは髭を撫でながら、困り顔をする。

どうするべきかとミハエルの方を見れば、ミハエルは肩をすくめた。

「急ぎというわけではないから、いいんじゃないかな？」

レフの家はここからさほど離れていないし、実家にも具体的に何時に行くとは手紙で伝えていない。ミハエルがいいと言うのなら、レフの家に寄ることに問題はないのだけど……何故、ここではなくレフの家なのか。ここでは言えない内容と言われると、聞くのが少し怖い。

それでも私達は、農作業を中断したレフと一緒に彼の家へと移動した。

「ただいま。悪いけど、ちょっとリビングを貸し切るな」

「リビングを貸し切るって……あら。イリーナ様にアレクセイ様じゃないですか。ようこそ。狭い家だけど入って下さい。ということは、もしかして、その殿方は……」

奥から出てきた、レフの奥さんはミハエルを見ると興奮気味に目をキラキラさせた。紹介して下さいと言われていないのに、凄く期待が込められたような視線だ。

「私のお、夫のミハエルです」

「ご紹介にあずかった、イーシャの最愛の夫であるミハエル・レナートヴィチ・バーリンです。よろしく、マダム」

夫と紹介するのが気恥ずかしいような恐れ多いような気持ちで、ついついどもるように紹介すれば、ミハエルの方がノリノリで自己紹介をした。最愛の夫って……いや、最愛の夫なんですけどね!!

　恥ずかしくて、辛い。

「やだ。マダムだなんて。イリーナ様の旦那様は本当に素敵な殿方ですね！　イリーナ様が幸せそうな姿を見られて嬉しいです」

「ママー？　あー、イーラさまだ!!」

　くねくねとノリよく体をくねらせたレフの奥さんの後ろから、さらに小さな影が飛び出したかと思うと、私に飛びついてきた。

「ゾーシャ！　少し見ない間に大きくなったね」

　子供の成長は早いものだ。赤ちゃんの頃から知っているので感慨深い。少し赤みがかった茶色の髪のゾーシャはえへへへといたずらが成功したかのように笑う。

「そうだ。ゾーシャにプレゼント持ってきたの。はい、どうぞ」

「わー。リボンだ！　ありがとう!!」

「すみません、イリーナ様」

　赤いリボンを差し出せば、ゾーシャはそれを大事そうに掌(てのひら)にのせて、キラキラとした目で見つめる。王都と違い可愛いリボンですらカラエフ領では手に入りにくい。

　喜んでもらえたようでよかった。

「この間レフには迷惑をかけたからこれはお詫びのしるしで。後、ゾーシャの服に使えそうな布とか色々お土産を買ってきたから、後で持ってくるね」

ゾーシャはすぐに大きくなってしまうので、服は基本近所の子供のおさがりだ。今日も色あせたサラファンを着ている。

でも女の子だし、綺麗な服だって着たいだろうと思い買ってきた。また布の状態なら、服でなくても他にも使える。

「そんな。とんでもない。娘にリボンをいただけただけでも十分ですのに」

「これは俺からのお礼でもあるから。レフには、とてもお世話になったからね」

そう言いながらミハエルは私の腰に手を回すが、その手をぐいっとアレクセイが持ち上げた。

「義兄さん、そういう行動は場所を選んではどうですか？」

「何を言っているんだい、義弟よ。俺とイーシャが無事に結婚できたのは、レフのおかげだから、仲良しで幸せだというところを思う存分見せびら――じゃなく、分かりやすく伝えた方がいいじゃないか」

「二人共、止めて下さい。すみません、突然お邪魔したのに」

ミハエルが密着してくるのは、もはや癖のようなものだ。確かに人前では少し恥ずかしい。でもここで二人がもめて、レフの家族に迷惑をかける方が困る。

「いいですよ。むしろ存分にイチャイチャして下さい。イリーナ様が幸せだと、私も嬉しいですから。ほら、ゾーシャそのリボンで髪を結ってあげるからこっちへおいで」

「はーい」

彼女は気を使って、ゾーシャを連れて別室に移動した。突然の訪問だけでも申し訳ないのに。後で料理長がお土産に沢山持たせてくれた、ヴァレーニエも渡そう。

「じゃあ、狭いですがこちらにどうぞ」

レフは入ってすぐのリビングに私達を通すと、椅子を勧めてくれたので座らせてもらう。

全員が座ったところで、レフも椅子に座り、凄く深刻そうな顔で私達を見た。一体これからどんな話をするつもりなのか。

重めの空気に私まで緊張してくる。

「えっと、何だか重苦しい空気になってしまったので、俺の思い過ごしだったらすみません。その、たぶん大丈夫だとは思うのですが、少々心配になりまして」

「単刀直入に言ってくれないか？　君の判断が正しいかどうかは俺が判断するし、もしも間違っていたとしても、イーシャを心配してのことなのだから咎めたりはしないよ」

いざ話す段階になると、逆に上手く話せなくなってしまったレフに対して、ミハエルが話しやすいように言ってくれた。でもレフの気持ちは分かる。立場が上の人物に正しいかどうかあいまいな話をするのは、後々の責任問題なども関係して話しにくい。

「ありがとうございます。……実はイリーナ様が幼少の頃に婚約を申し込んできた幼女趣味の変態子爵が最近伯爵家に何度も訪ねてきているんです」

「えっ？　私、婚約者はミハエルしかいなかったはずよ？」

　小さい頃から婚約関係にある人物がいるなんて聞いたこともない。レフの勘違いではないだろうか。もしもいたのだとしたら、どこかのタイミングで破棄になっていなければミハエルと婚約はできなかったはずだ。

　この国は一夫一妻制なので、もちろん婚約者も一人だけだ。

「申し込んできただけで、婚約したわけじゃないですから、もちろん婚約者ではありません。子爵の年齢はカラエフ伯爵と同じぐらいですし」

　……父と同じぐらいの年齢の人が、幼少期に婚約を申し込んできた。その恐ろしい言葉に、特に何もされていないのにぞわりとする。

「ちなみに幼少期って、いつぐらいなの？」

「イリーナ様が十歳の頃です」

「えっ?!　その頃って、まだ借金を返していて大変だった時期よね」

　今でこそ借金の返済は終わっているが、十歳の頃は貧乏真っ只中（ただなか）だった。さらにカラエフ領はめぼしい産業もなく、王都からも遠い上に、気候も厳しくいいところがほぼない。その上私と結婚したところで伯爵になれるわけでもない。

　政略的な面がない状態で、結婚適齢期でもない十歳の子供との婚約を望む親と同年代の大人。

……犯罪の匂いしかしない。

「そうです。だからカラエフ伯爵は子爵がイリーナ様を無理やり連れ去ることがないように、俺にイリーナ様の護衛を命令されていたんです。ほら、俺がイリーナ様に色々護身術を教えていた時期がありましたよね？」

「あー。あの頃の話なのね」

出稼ぎを始めて二年ほど経った頃だ。

確か出稼ぎする上で、身を守るすべを持っていた方がいいと言われて色々教えてもらった。

「十歳のイリーナ様に変態が身近にいる話は教育的にいいものではないので、内緒だったんです」

「……そう言えば、お母様に将来ミハエル様のお屋敷で働きたいなら、ミハエル様を守れるぐらい強くなった方がいいんじゃないかと言われて、一生懸命学んだ気がする」

しかし強くなるためなのに縛られた時の縄抜けとか、頭を強く打っていた場合の確認とか、今思えばさらわれた後を意識したものが多かった。……役には立っているけれど。

「えっ。俺の屋敷で働くため?!」

「子供の頃の私にやる気を出させるためだったんだと思います。訓練を始めたばかりの頃は、基礎体力もなくて訓練が好きではなかったので」

雪かきなどはその頃にはもうやっていたけれど、それと剣を扱う筋肉は違うし、走り慣れてない状態でのランニングは辛い以外の感想は持てなかった。確か毎日生まれたての小鹿状態になっていた気がする。

でもその訓練のついでに神形退治の方法も学ばせてもらい、徐々に神形退治に参加できるようになった。

差し迫った危険があるのならどうしても護身術は必要だっただろうし、母のやる気を出させる声掛けはまさに正しかったわけだ。母も昔はとあるバレリーノを神と崇めていたので、そこからヒントを得たミハエル式勉強法だったのだろう。

それ以来私は、これができれば将来ミハエル様のところで働いた時に役立つのでは？という考え方で色々学んできた。

「イーシャの役に立てたのなら嬉しいけど、何だか複雑なような……。それで子爵は何でまたカラエフ伯爵家に何度も訪ねてきているんだい？まさかカラエフ伯爵を買収して、俺とイーシャを別れさせて、自分がイーシャの夫になろうと考えているとか⁈独り身になったイーシャに金をちらつかせて結婚を迫ろうとか……死ねとしか言えないぐらいのゲスだね」

「はあ⁈なんてふざけた野郎ですか。姉上の気持ちを無視して、姉上に声をかけることもなく真っ先に父を買収して外堀から埋めていこうとか最低ですね。そもそもお金で姉上を買おうという根性が許せません‼」

「あれ？さりげなく俺も巻き込み事故してない？いや。俺の場合は、タイミングが悪かっただけだからね？　本当はちゃんとイーシャと両想いになってから婚約をしようと思っていたんだからね？」

　私のためにアレクセイが怒ると、ミハエルは逆にオロオロした。……アレクセイ、わざとミハエルの触れられたくないところを抉（えぐ）っているわけじゃないわよね？　と疑いたくなる言葉選びだ。

「タイミングがよくても悪くても、実際に起こったことがすべてかと」

「イーシャ。俺は結果だけではなく、どうしてそうなったかの過程も大事だと思うんだ」

「あの。話を進めていいですか？　ちなみに子爵はミハエル様とイリーナ様を別れさせようとしているわけではなさそうですから。そもそもイリーナ様は結婚されて家を出ているのですから、説得するならバーリン公爵ですよね」

　話が脇道へそれていくために、レフがそう軌道修正した。正直、ミハエルが後ろから抱き付いてグリグリと肩のあたりにおでこをのせてくるので、見なかったことにしてもらえると私の心が平和だ。

「えっと。なら、何のために、その子爵はうちに来ているの？」

「なんでも独自に神形の研究をしているそうで、今後このカラエフ領で研究調査をしたいとか言っているらしいです」

「えっ?!　神形の研究調査？　それって何をするの？」

「詳しいことは俺も聞いてなくて……すみません」

　カラエフ領はこの国の中でも神形が特に出現しやすい土地だとバーリン公爵が言っていた。

　幼女趣味ならば、大人になった私とミハエルを別れさせてまで結婚したいとは思わないだろう。

　だから神形の研究が理由なのは間違いなさそうだけど、神形の研究とは一体何を指しているのか。

　ただ出現する神形を確認するだけならいいけれど……出現した神形についての最低限の情報は残しているので、やるならば別の形だろう。

「幼女趣味なので今のイリーナ様にどうこうすることはないでしょうが、もしもがあっては困ります。だから帰った方がいいと思いまして」

「レフの言っていることは分かるけど、でも折角ここまで来たのだし、神形の研究については父に確認しておきたいわ」

　父がカラエフ領のためにならないことはしないと思うけれど……でも不安だし、折角来たのにという気持ちもある。

「俺もこのまま引き返すよりは、伯爵家に行くことに賛成だね。逃げるよりも逆に、俺という夫がいることを相手にちゃんと見せつけた方が有効じゃないかな？　まだ公爵は継いでいないけれど、子爵に見くびられるような爵位ではないからね」

　貴族階級でいけば、もちろん伯爵だって子爵よりは上だ。でもお金を持っている子爵とお金がない伯爵ではちょっとパワーバランスが変わってしまう。しかしバーリン公爵は階級も高く、お金も持っているし王家とも仲がいい。どう頑張っても子爵では太刀打ちできないだろう。

「まあ確かに心強いですけど……」

「何？」

「僕も姉上のためなら、排除に協力します」

「いや、その点を不安に思っているのではなくてですね。その、殺人事件も困りますから。本当に、ここ、そういう事件がほぼないド田舎なんで」

殺人事件?!

レフから飛び出た物騒な言葉にギョッとする。しかしそんなこと起こるはずがないと言うには、ミハエルの笑みが怖い。私がもしもその子爵に告白でもされたら大変なことになりそうだ。

「……でもまあ、確かにミハエル様がいればよっぽど安全ですね。ただし、くれぐれもほどほどにお願いします」

「相手次第かな？」

相手次第って……流石に冗談ですよね？

とはいえ子爵に会ってしまってもたぶん大丈夫だろうという謎の安心感が生まれた私達は、再び実家へと向かうのだった。

カラエフ伯爵邸は築年数がかなり経ってはいるが、雪に備えて頑丈に作ってあるため、とても重厚感があり立派な造りをしている。人が密集しすぎて土地のない王都の屋敷と比べれば広さは一目瞭然(いちもくりょうぜん)だ。

一時期借金を背負ってはいたが、代々続いてきた貴族なのだと分かる立派な屋敷だと俺は思っていた。

「……なんだか、前よりも立派になっている気が……」

「庭の草がなくなっているからですかね？　建物は……変わっていませんよね？　たぶん」

「ええ……。そういえば、使用人を雇ったって手紙にも書いてあったし、だからかしら？」

屋敷は変わっていないが、以前に比べ庭の手入れが行き届いていた。イーシャとアレクセイは顔を見合わせるとひそひそ話す。前に俺が来た時は人手が足りていない感が出ていたので、長年そこで暮らしてきた二人だからこそ、綺麗(きれい)に整えられた本来の姿に違和感があるのだろう。

「どうやら、レフが危惧した通り、招かれざる客がきているみたいだね」

そんな綺麗になった屋敷の前には二台の馬車が停車していた。一台は先ほどまで俺達を乗せてきた馬車、もう一台は見知らぬものだ。馬車は小ぶりであまり華美ではない。しかし分かりやすく鳩をモチーフにした紋章が描かれていた。

「あの紋章はグリンカ子爵のものだね」

「これ、王都の輸入雑貨屋で見たことあります」

「うん。グリンカ子爵は輸入品を取り扱う会社を経営しているからね」

これまでにカラエフ伯爵とグリンカ子爵が、家を行き来するほど仲がいいという話は聞いたことがない。かといって馬車の感じから、何か雑貨を売りに来たという感じでもなかった。

レフの話を考えると、このグリンカ子爵が問題の子爵で間違いないだろう。

そしてグリンカ子爵といえば、職場にあった神形の研究に手をあげていた貴族のリストに載っていた名前だ。どうやら本当に神形の研究がしたくてカラエフ伯爵家を訪れているらしい。

とはいえそれとこれとは別である。

「行こうか」

たとえ今はイーシャに下心がなくても、幼いイーシャを邪な目で見て婚約を申し込んでいたというだけで気分が悪い。

「お帰りなさいませ」

入口についているノッカーを打ち鳴らせば、体格のいい執事が現れた。イリーナとアレクセイは見慣れぬ使用人に動揺したようだが、執事はすぐさまカラエフ家の嫡男と長女だと気が付いたようで帰りを労う言葉を発した。

「えっと、僕はここの家の嫡男のアレクセイで、こちらが姉上のイリーナとその旦那のミハエル・レナートヴィチ・バーリンです……だ？」

「承知しております。お荷物の方は既にお部屋に運ばせていただきました。使用人の方はお部屋で荷物の整理をしております」

「そう。えっと、ありがとう。あー、えっと。悪いけど、父上のところに案内してくれる？」

家に使用人がいる生活をしたことのないアレクセイは、かなり戸惑っているようだ。イーシャもバーリン公爵家ではかなり苦戦していたので無理もないだろう。

「ただいま旦那様は来客中ですが、どうなさいますか？」

「来客者はグリンカ子爵？」

「さようでございます」

そこで一度アレクセイはイーシャの方を見た。イーシャはその視線に頷きを返す。

「僕らも話があるから案内してくれる？」

「かしこまりました」

執事というより武人といってもいいような体格だが動きは丁寧だ。確かカラエフ伯爵が新しく雇った使用人は執事と庭師とメイドで、執事は俺の父が雪国でもやっていける体力のある者を推薦してくれていたはずだ。彼なら暴漢が出ても対処してくれそうな安心感がある。

「旦那様。ご子息とご令嬢とバーリン公爵子息様がいらっしゃいました」

「えっ。あっ……入ってくれ」

　執事がドアをノックすると、部屋の中から戸惑った声が聞こえた。執事がドアを開けたので中へと入ればソファーに向かい合わせでカラエフ伯爵と細身の男が座っていた。白髪まじりの茶色の髪に細い目の男で、眼鏡をかけている。

　この男が、年端（としは）もいかないイーシャを嫁にしようとした幼女趣味の変態か。そう思うとろくに話したこともないのに憎々しく感じる。あの眼鏡をかち割ってやりたい。とはいえ、それを率直に述べたところで建設的な話はできないだろう。俺は人に好かれる爽（さわ）やかな笑みを浮かべた。

「お久しぶりです、義父上（ちち）。結婚式ぶりですね。お元気でしたか？」

「あ、ああ。長旅疲れただろう。その、実家だと思ってゆっくりして欲しい」

「ありがとうございます。できれば義父上とも親睦をもっと深めたいと思ったのですが、来客中だったんですね。ご紹介いただけますか？」

　俺の笑みにカラエフ伯爵はたじろいだ。あまり紹介したい相手ではないのだろう。困った顔をしている。それでも俺の笑みに折れた形で口を開いた。

「こ、こちらは、グリンカ子爵だ。グリンカ子爵、彼は私の娘の婿でバーリン公爵家の嫡男であるミハエルだ」

「お初にお目にかかります。ロジオン・セルゲイヴィチ・グリンカと申します」

グリンカ子爵は立ち上がると一度深々と頭を下げた。そして顔を上げた彼は細い目を目一杯広げ、ジッとイーシャの方を見る。偶然目に入ったというには熱のこもった視線にイラッとする。

……この変態、やっぱりイーシャが目的なのか？　俺が自分の体でイーシャを隠すように動けば、同様にアレクセイもまたイーシャの前に出た。

男二人が前に出れば小柄なイーシャの姿は隠れるはずだ。しかしグリンカ子爵の視線は相変わらずで、ジッと俺達を通してイーシャを見ていた。……いや、違う。彼はイーシャではなく、アレクセイを見ているのか？

アレクセイもそのどろりとした熱を帯びた視線が自分に向かっていると感じたらしい。口を引きつらせ、顔色を悪くした。分かる。鼻息が少し荒くなった状態で、顔を紅潮させられると気持ち悪い。すると後ろにいたイーシャがぐいっとアレクセイの腕を引っ張り俺の後ろに移動させた。流石に人二人は俺の体格では隠しきれないが、それでも若干は遮れたはずだ。

グリンカ子爵は二人が隠れてしまうと残念そうな顔をしつつ、無理やり見開いていた目を元の糸目の状態に戻した。……どうやら興味があるのはイーシャとアレクセイで俺にはないらしい。別にこの男に興味を持たれたくなどないけれど、容姿に関しては幼少の頃から必ず好意的に見られてきた。そのため、俺だけどうでもいい感を出されるのは、何だか不思議な感じだ。

でも俺だって自分の容姿よりイーシャの方がずっと好きだし、アレクセイとイーシャはよく似ているので好みの問題なのだろう。

「グリンカ子爵、義父上と家族水入らずの話をしたいんだが、譲ってもらえないだろうか？」

もちろん譲るよね？

正直、公爵になったわけでもないのに自分の身分を使って相手に言うことを聞かせるのは、虎の威を借る狐のようであまり好きではない。それでもこれまでに、どうしても必要な場面では使ってきたから影響力は分かる。

反論などさせる気はないと笑顔を向ければ、グリンカ子爵は残念そうな顔でカラエフ伯爵を一瞥した後、頭を下げた。

「家族の団欒の邪魔をするわけには参りませんので、また後日カラエフ伯爵には会いにきます」

正直ごねられる可能性も考えたが、彼はあっさりと部屋から退出していった。もしかしたらいつでも訪ねられるぐらい近くに滞在しているのかもしれない。グリンカ子爵は、王都住まいだったはずなので、そこからここまでの往復は楽ではない。

彼が出ていくと、カラエフ伯爵は大きなため息をついた。顔に疲れが出ているように見える。逆に退出したグリンカ子爵は妙に生き生きしていた気がするので、まるで生気を奪われたようだ。

それでも彼は俺達の方を見ると、いつものようにどこか困ったような笑みを浮かべた。

「ようこそ三人とも。……ところで、私からの手紙は届かなかっただろうか？」

どうしてここにとは言わなかったが、ここへ来て欲しくはなかったような反応に、グリンカ子爵は問題のある人物なのだと再度確信をした。

三章：出稼ぎ令嬢の偵察

「手紙は受け取りましたけど、それって今年の冬は雪が深くなるという手紙でしょうか？」

父からの手紙といえばそれしか受け取っていないけれど、カラエフ領と王都は距離がある。もしかしたら何か行き違いになっている手紙があるのかと思ったが、どうやら私が思い浮かべた手紙でよかったらしく、父が頷（うなず）いた。

「ああ。それだね。えっと……心配しなくても大丈夫だと書いたつもりだったけれど」

「確かに書いてありましたけど、あんなことを書かれたら逆に心配します。今までずっと、ここで神形（みかたち）の討伐をしてきたのに、嫁いだからといって無関心になんてなれません。それとも、嫁いだら実家を心配してはいけないと言うのですか？」

「い、いや。そういう意味ではないんだ」

それはあまりに薄情ではないだろうか？　そう思い少しだけ語尾を強めれば、あからさまに父が狼狽（うろた）えた。結婚前は父に対してあまり意見を言うこともなかったので余計に驚かせたのかもしれない。でももう私には関係がないと突き放されたような気がして、無性に腹が立ったのだ。

「本当に……その。大丈夫で、雪が深くなったと後で聞いたことによって、危険を冒してまでカラエフ領に戻ってこないようにと思って手紙を出したんだ。雪が降ってからでは手紙が届かないからね」

確かに通常の雪でも、カラエフ領行きの手紙は届かず、春ごろに届くことはよくある。雪が深いなら、手紙は諦めるしかない。

「父上。そんなに今年は酷くなるのですか？」

「そうだね。例年より早く雪が降るだろうし、場合によっては長引く可能性もある。だから少しでも必要な農作業が終わるように私兵団にも入ってもらっている」

確かに例年に比べて私兵団が収穫の手伝いに入る時期にしては少し早めかもしれない。しかしカラエフ領の私兵団の人数は多くはないので、多少の手助けになるぐらいだ。雪が本格的に降り出したら、収穫も種まきもできなくなる。

特にライ麦は芽が出てから、苗踏みの作業が入るが踏む前に雪が深く積もってしまったらどうにもならない。

「手紙を下さったのは本当にそれだけが理由ですか？」

「そ、それだけ？」

父はミハエルの言葉にビクッとするが、普段からおどおどしていることが多いので、ただ単にミハエルが質問したことに動揺しただけというようにも受け取れる。

「ここに来る途中、レフに聞きました。先ほどのグリンカ子爵は、幼い頃のイーシャに婚約を申し込んだらしいですね。いまだにイーシャに未練があるような気持ち悪い目をしていましたし」

子爵の名前を聞いた瞬間、先ほどの不快な視線を思い出してしまいぞわりと鳥肌が立つ。あれは何とも言えない、全身をくまなく舐め回すような視線だった。

ただ私が気になるのは、私だけでなくアレクセイに対しても同様の視線を送ってきたことだ。とっさにミハエルを盾にしてしまい申し訳なかったが、あの視線にさらされ続けたら大切な弟が汚されるような気がしてしまったのだ。

あの男は、ただの幼女趣味でとどまらない変態の可能性が高い。

「たぶん、それは大丈夫だと……。イリーナは君と結婚したからね。その、彼はどうやら、カラエフ領で氷の神形に関する研究をしたいらしいんだ。今後国が主導で大規模な研究を開始するからと言っていたよ」

「僕は反対です。あの男すっごく気持ち悪いし、領地にいて欲しくないんですけど」

「私も同じく反対です。そもそも神形の研究って何をするんですか？」

事前にレフから聞いていたけれど、今はそれ以上に反対したい気分だ。既に嫁いだ身なので、本来意見すべきではないかもしれないけれど、アレクセイと一緒に言わせてもらう。

「私も彼は苦手だから、何とか研究を断ろうと思っているけれど、国が絡んでいるから中々引き下がらなくてね。もしも研究に関して王命が下れば、断るのは容易ではないだろうね」

「えっ。王命?!」

王命はこの国で最も重い命令だ。そんなものが出たら、伯爵の力ではどうにもできない。

「協力をすれば、お金を出すという仕組みにするそうだけど……、もちろん断るよ」

憂鬱そうな顔をした父だったが、珍しくはっきりと意見を言った。

私もカラエフ領がいくら貧乏でも、お金をもらえるからといって神形の実験場所となるのは嫌だ。もしも神形を調べるために討伐をおろそかにされたら、人が住めない土地になってしまう。

だが爵位も領地も王から借りているものだ。だから命令に従わなければ、爵位の剥奪、または領地の移転を命じられるに違いない。

領地が移転されれば、私達は実験と関わり合うことはないけれど、今いる領民はそのまま別の者に統治されることとなる。

「王命なのに断れるものなのですか?」

「……まあ、やり方次第かとは思う。そんな命令が下らない方がいいけれど」

やり方次第って、一体父はどう回避するつもりなのだろう。不安に思っていると、ミハエルが私の肩に手を置いた。

「そもそもその研究機関の話は、まだ王の承認も得られていない案に過ぎないよ。グリンカ子爵が先走っているだけだ。それにグリンカ子爵自身がカラエフ領で個人的に問題ある人物なら、別の場所で研究するように手は回せるから」

研究自体は断れるかどうかは分からないが、人選を変えるぐらいの口出しはミハエルでもできるようだ。それだけでも心強い。

「研究はどのようなことをするのですか？　国家機密に関わるので詳しくは言えないと思いますけれど……」

「まだ本当にそこまで具体的に動いてはいないんだよ。今は討伐部が神形の研究と討伐を請け負っているから、ほぼ研究なんてできてない。さらに資料整理すら追いついていなくて、皆疲弊している。だから討伐と分けようという話が出たんだ」

神形の研究は国家機密で、ミハエルもあまり口外できないはずだ。でもどうやら本当にまだちゃんとした案にもなっていない話らしい。

「神形の研究がしたいって、あの変態子爵は武官なのですか？　なよなよしていてそんな感じには見えませんでしたけど」

「彼は武官でも文官でもないよ。個人的に神形に興味がある人物なんだろうね。俺も付き合いがある貴族ではないからあまり知らないんだ」

アレクセイの質問にミハエルが首を振った。

どうやら趣味で研究をしているらしい。金持ちの道楽としては珍しい方だけれど、何かの研究をしたり、その研究に投資する人がいる話は聞いたことがある。

「彼には俺から再度抗議させてもらうよ。二度とイーシャとイーシャの実家に関わってこないように。その方が安心できるよね？」

「すみません。お願いできますか？」

ミハエルの手を煩わせて申し訳ないが、アレクセイに何かあってからでは取り返しがつかない。私に何かしてきた場合は、もちろん全力で正当防衛をさせてもらうが。

「子爵に関してはミハエルにお願いするとして、雪の対策は農作業を早めるだけですか？」

「いや、雪童の討伐を積極的に行うのと、山の見回りの強化はしている。一番厄介なのは氷龍が複数体出現することだからね。後は食料も他領から一部買おうかと声はかけている……。冬が長引いた時に領地の蓄えだけでは少々心許ないからね」

氷龍は雪の神形の中で、特に大きな災害をもたらす。群れになると厄介なのは、吹雪が強くなるとか積雪量が増えるとかだけではなく、純粋に一体だけでも討伐が大変なのが増えるからだ。氷龍の体は人間より大きい上、氷の鋭い爪や牙を持つ。そんな彼らを吹雪で視界が悪い中討伐をするのは骨が折れる上に、時に命を落とすほどの危険に見舞われる。それが複数体となれば、それだけ大変ということだ。そして氷龍が一体でも残れば、雪は収まらない。

「えっ。でも雪童の討伐なんて現実的ではないですよね」

「……しないよりは、いいかと」

私の言葉に父は目をそらした。やっぱりそう思っているよね。

雪童というのは、氷の神形で最初に出現する形だと言われている。掌（てのひら）より小さな雪玉のような形でコロコロ転がるだけの無害な神形だ。いると若干（じゃっかん）肌寒い程度の冬を運んでくる。足で踏み潰せば討伐できるので、父でも倒せる神形だ。

でも問題は、現れる時は数百、もしくは数千単位なので、数が多すぎて討伐が間に合わないのだ。水の神形だと有翼魚（ウィンドフィッシュ）が似たようなところだろうか。王都は臨時討伐武官を雇い、人海戦術で討伐し水の災害を極力抑えているが、これは王都だからできる力業（ちからわざ）だ。地方の場合は雪童の討伐は諦め、もう少し大きくなった形態の氷狼（アイスウルフ）などを狙う。危険度は雪童より高くなるが、個体数の問題でこれらの討伐をしていった方が現実的である。

だから雪童の討伐を積極的にという時点で無策に近い。とはいえ山の見回りが強化されればおのずと氷狼などの討伐は進むのだけれど。

「で、でも。たぶん何とかなると思う。優先順位を間違えずに討伐できれば、きっと。それに、頼れる使用人も増えたから、おそらくは」

『たぶん』とか『きっと』を使われると、必要以上に心配な気分になるのは何でだろう。父のいつもながらの挙動不審な態度が加わって、全然安心できない。

「あの。数日滞在するので、滞在の間だけでも討伐や巡回を私も手伝ってはいけませんか」

「私は構わないが……ミハエル君はどう思う？」

私が父に手伝いを申し出ると、父はミハエルを見た。

「この時期ならよほどのことがない限り危険度の高い神形は出ないだろうし、イーシャの希望を優先して下さい。ただし、イーシャ。危険が高いと思った場合は、迷わず自分の身を守ることを優先するのが条件だよ？」

「はい！」

もちろん怪我をして、ミハエルに迷惑をかけるつもりはない。神形は自身が討伐されそうになれば襲い掛かってくる。しかしそうでなければ人を追いかけてまで襲い掛かってくることはない、氷の人形だ。自分の力量を見誤らず過信しなければ問題ない。氷の神形の討伐で一番気を付けるべきなのは、山での遭難や滑落などの二次災害の方である。

「僕も姉上の手伝いをしたいです。学校でも武術訓練をしていますし、足を引っ張らないように頑張ります。一緒に行っては駄目ですか？」

アレクセイがキラキラした目で言ってきた。

私もアレクセイの年頃には既に氷龍の討伐もしていたのだから、年齢的には問題はない。それに子爵のことを思えば、アレクセイを一人にしておくよりも、一緒にいた方がいい気がする。

「よろしくね、アレクセイ」

「はい!!」

嬉しそうに破顔する姿は、幼い頃と変わらない。昔はよく私の後ろをついて歩いていたなぁと思うと、微笑（ほほえ）ましい気分になる。

「俺も一緒だからね？　仲間外れは嫌だよ」

公爵子息であるミハエルはここではお客のようなものだ。そのため手伝ってもらうのは申し訳なく気が引ける。でも一人で何もせずにボーとしているのも退屈だろう。ここには観光する場所もない。

「はい。ミハエルもよろしくお願いします」

こうして私達はカラエフ領で数日討伐と見回りを行うことにしたのだった。

ミハエルから神形の討伐許可をもらった私は、早速翌日に山の方まで様子を見に行くことにした。オリガもついて行きたそうな顔だったが、登山も神形退治も不慣れな様子だったので、諦めてもらった。
むしろ長旅で疲れただろうし休憩（きゅうけい）して欲しい。しかしオリガ自身がお休みを拒否したので、代わりに母の手伝いをお願いしておいた。

母は社交的な性格なので、たぶん何とかなると思う。

「イーシャ、いいかい？　変態が出た時は、迷うことはないよ。思いっきり殺っちゃって」

「いや、何言っているんですか。イリーナ様が迷うことなく思いっきりやったら、戦闘不能どころか、相手が人生から離脱しますから。変態がじゃなくて、正当防衛が認められる危害を加えられそうになったらにして下さい」

……レフ、私のことをなんだと思っているのだろう。

明らかに犯罪者予備軍でカウントされてそうな言い方に私は肘で脇腹をコヅく。するとぐっと大袈裟に呻いた。

「もう。冗談はそれぐらいにしてよ」

そもそも男の急所を蹴り飛ばしたぐらいで人生は幕を閉じたりしないと思う。私だって無意味な殺生はしない。

「でもレフも農作業で忙しいのに呼び出してしまって、ごめんね」

本当なら私とアレクセイ、それにミハエルの三人で山を含めた領地を見回り、迷惑はかけない予定だった。しかしミハエルがグリンカ子爵に会うことになったので、今日は別行動となったのだ。

アレクセイと二人でも大丈夫だとは思ったけれど、心配性なミハエルが父に誰かもう一人私達に同行させて欲しいとお願いした結果、レフが呼び出されることになった。

「いや。そこは気にしないで下さい。見回りは俺達の仕事でもあるので」

「俺だってイーシャの強さは疑ってないよ。でも無茶をしないための見張り役はいた方がいいと思うんだ。イーシャの無茶を止めるのは、アレクセイでは心許ないからね」

そう言いながら、ミハエルは私の手を両手で握ると自分の口元に持っていった。恥ずかしいけれど、青い瞳に見つめられると魔法にかかったようにその手を振りほどくことができず流されてしまう。

「本当は俺が一緒に行ければいいんだけど。早めにグリンカ子爵に会って忠告しておきたいから、ごめんね」

チュッとリップ音を立てて指に口づけをされた瞬間ポンと頭が爆発した気がした。ミハエルのスキンシップはいまだに慣れない。

私がドキドキのしすぎで固まっていると、アレクセイがミハエルから私の手を奪い取って睨みつけた。

「はいはい。大丈夫ですから。姉上のことは僕に任せて下さい」

「あのね。俺とイーシャは夫婦なんだよ？　夫が妻を心配して何が悪いんだい？」

「悪くはないですね。でも姉上は貴方が心配しなければならないほど弱くもなければ考えなしでもありませんから」

……グリンカ子爵よりは強いとは思うけれど、考えなしではないかと言われると……今までの数々の【ミハエル様】関係のトラブルが頭をよぎる。どうしても【ミハエル様】のことになると考えるより先に体が動いてしまうのだ。弟の眩しすぎる信頼が心に痛い。せめてカラエフ領にいる間だけでも奇行に走らないよう気を付けよう。

「もちろん知っているさ。だから送り出すんだし」

「いいえ。義兄さんは、姉上の素晴らしさのすべてをまだ知っていませ――」

「では、気を引き締めて行ってきます」

アレクセイは一体私の何を語るつもりだったのか

とはいえこのままでは出発できないので喧嘩腰なアレクセイの手を引いて私達は伯爵邸を出た。一応何かあった時のために私はハンマーを腰のホルダーに付けての移動だ。さらに山にも少し入ろうと思い、非常食や飲料、それに火打石やタオルなどをリュックに入れて背負っている。

服も最近ランニングで使用している、乗馬服だ。ブラウスに白いパンツ、そして赤いジャケットというあまり山登りに適さなそうな服だが、これ以外にオリガが納得する服がなかった。とはいえ山に登り、ハンマーを振り回して神形の討伐をするならば、ドレスは無理である。こういう時、女性貴族用のパンツ服がもっと色々あればいいのにと思う。このパンツ服はミハエルが用意したものだけど、それでもその姿で領地を歩き回ると聞いたオリガは、ギョッとした顔をしていた。

女性はドレス姿というのが常識なのだから仕方がない。

「氷の神形退治にハンマーを持って来るのは珍しいですね。重くないですか？」

私の武器に気づいたレフが指摘してきた。確かに氷の神形退治と言えば大抵山登りになる。そのため重いハンマーではなく、剣を選ぶことが多い。もしくは立地的に近づけないのを考慮して銃も持つが、氷の神形は少し砕けたぐらいでは止まらないので補助的なものとして考えられている。

現にレフとアレクセイの装備は剣だ。

「思ったより重くないから大丈夫。最近はこれぐらい重量があった方がしっくりきて」

「……へえ。最近ですか」

王都でも鍛えているのかよという眼差しが痛い。確かに次期公爵夫人がハンマーの重みの方がしっくりくるとか、聞き間違えかと思う発言だ。

でも王都で流行りのドレスはかなり重量があるので、令嬢というのは常に筋トレをしているようなものだ……ということにしておこう。

「えっと。とりあえず真っ直ぐ山の方に向かうつもりだけどいい？」

「そうですね。まずはそこに行きましょうか」

私がレフにたずねると再び敬語で返事が返ってきた。レフの立場的には敬語で話すのは正しいことなのだけど、どうにも違和感がある。

「……レフ、あのね。私とアレクセイだけなのだし敬語じゃなくてもいいわよ？　レフは私達の剣の師匠なのだし、敬語を使われると何だか変な感じだから」

「僕も、普通に喋って欲しいなぁ。じゃないと、僕も敬語で喋りますよ？　レフお師匠様」

くすくすと笑ったアレクセイに、レフは大きくため息をついた。

「……俺の髪が後退しそうなことは止めてくれ。俺の髪がうちのじいさんみたいになって、ゾーシャに嫌われたら、生きていけないから」

レフは彼の祖父の髪を思い出したらしく前髪を大切そうに撫でた。髪に関しては遺伝性とも言われているので、ストレスを抱えなくてもさようならをする可能性はある。でもできるだけ髪にやさしくするなら、ストレスは少ない方がいいだろう。

「まあ、ミハエル様がいないなら別に敬語じゃなくてもいいんだけどさ。イリーナこそ、いつまでもミハエル様に対して敬語のままでいいのか？　名前も略称じゃないし。二人きりの時だけくだけた話し方をしているのならいいけれど」

「……ミハエル様からミハエルに呼び方を変えただけでも偉いと思って」

ミハエル様を神様扱いしないだけで私的にはかなりの進歩なのだ。これ以上となると恐れ多く感じてしまう。

「そう言われればそうだな。まあその辺りはミハエル様と相談してくれ。二人が納得しているなら、外がとやかく言う問題ではないもんな。アレクセイもだぞ。姉とはいえ、もう別の家庭を持ったんだから口出ししすぎるなよ」

「……分かっているよ」

アレクセイはレフに言われて唇を尖らせたが、それでも素直に頷いた。

「それにしても、皆忙しそうね」

畑の収穫の様子を見ると、まるで軍隊のようにきびきび動いている。いつもならもっとゆったり会話しながら農作業をしていた。

「カラエフ伯爵が収穫を急かしたからな。あの方が、大雪が降ると言えば、皆急ぐさ」

「お父様の気候予測は当たるものね」

雪だけではなく、嵐が来る時も父はすぐに動く。昔あまりに正確に予測できるので聞いてみたが、毎日毎日が頭の中に写真のように残っていると差異でなんとなく分かるようになると言っていた。

私も記憶力はいい方だと思うけれど、差異に気づけるほど覚えていない。もっと頑張ればできるようになるものなのだろうか？

「そうだな。とはいえカラエフ領に住むなら、雪に合わせて生活するなんて慣れっこさ。その上飢えないように伯爵が対策をとってくれるから本当に助かっている」

「でも僕はもう少し暮らしが楽になればいいと思うんだけど」

レフの言う通り、雪に合わせる暮らしは、皆慣れっこだ。しかしレフが父への感謝を述べると、アレクセイは憂鬱気なため息をついた。

「そりゃ、生活が楽になればいいなとは皆思っているさ。でも伯爵が何もされていないわけじゃない」

「分かっているよ。でもここは王都から離れてしまっているから、農作物を王都まで運んで売るのは得策じゃない。そもそも自分達で消費しているものを売ろうとすれば、天候によっては飢えてしまう。だから別の産業を探したいけど……中々いいのが見つけられなくて」

アレクセイは頭の上で腕を組みながらぼやいた。

「高くても買ってくれる、付加価値が付いたものじゃないと意味がないけど、既に誰かがこの国でやっていることを真似ても、地理的に圧倒的に不利だし。そもそも別の産業を育てて、農業をおろそかにしたら飢え死にだし」

「焦る必要はないだろ。まだアレクセイが学校を卒業するまでには時間があるんだしな」

レフは気持ちが焦っているようなアレクセイの頭をポンポンと叩いた。

まるで子供扱いだけれど、アレクセイの考え方は子供の夢物語ではない。

アレクセイがカラエフ領の今後について話しているのを見ると大きくなったなと感慨深くなるのと同時に、世代交代を強く感じた。

アレクセイは次期伯爵になることが決まっている。だから見聞を広め、過酷な環境下でどう領地経営していくのが最適なのかを学ぶために王都の学校に行ったのだ。

その成果が出るのはとてもいいことで、私は嬉しく思うべきだ。

「イリーナ、そんな寂しそうな顔をするなって」

「えっ」

　普段通りにしていたつもりだったのに、レフは私の頭をぐしゃぐしゃと雑に撫でた。私まで子供扱いされてしまい少し恥ずかしい。

「弟が大きくなる背中を見ると嬉しいけど、巣立ちされるみたいで寂しいよな。特にイリーナはカラエフ領の長女として一生懸命やっていたしな。他にも何が寂しいと思ったんだ？」

「えっと」

「イリーナは肝心なことを言わないのが悪い癖だと思うぞ。ミハエル様については聞いてもないことまで話すけど」

「えっ。だって、ミハエル様について語るのは私が生まれてきた意味だし」

　ミハエル教を広めるのは、私に課せられた命題だと思っている。ミハエル様の素晴らしさは万人が知るべきだ。

「いや。そこを堂々と言われるのもあれだけどな。……で、何か嫁いでから変わったか？」

「……実家に知らない人がいたの。不審者じゃないわよ？　執事とメイド、後庭師も。私の家は貴族だけど、ずっと家族だけだったじゃない？　私が嫁いでしまったし、借金も返済が終わったのだから人手を増やす必要性は分かるんだけどね。なんだか私の家が私の家じゃないみたいな。いや、嫁いで家を出たのに何を言っているんだって感じなんだけど」

口に出してみると、あまりに子供っぽい、拗ねているだけのような理由が恥ずかしくて、私は指をもじもじさせた。弟もいる前で、情けない。

そもそもあの子爵みたいな変な人が来る可能性だってあるのだ。その時父や母だけでは心許ない。それに古いけれど、広さがある屋敷は掃除が大変だ。母は父の領地経営を手伝っているのだから暇ではない。

今までだって庭は手入れしきれていなかったのだ。その手入れができるだけの余裕ができたのはいいことだ。

「あの家は、誰がなんと言おうと、姉上の家です！」

きっぱりとアレクセイに言いきられ、私は戸惑う。

嫁いだ身なのに、あそこを自分の家と言っていいのだろうか。私はもう、実家やカラエフ領のことを一番には考えられない立場だ。ただ……ずっとカラエフ伯爵家の長女であるというのを自身の存在意義とし、精神的に依存してきた。いい加減私自身が変わらなければいけないのに、私が弱いばかりに、周りが変わることに戸惑っている。

そもそもミハエルとの結婚生活に文句など一つもないのだ。それなのに寂しいと思ってしまうなんて、ただの我儘だ。

「アレクセイの言う通りだな」

アレクセイだけでなくレフにまで肯定されてしまい、私は眉を八の字にした。本来なら嬉しい言葉なのに戸惑ってしまうのは、私が誰かにおかしいと否定されたかったからだ。ちゃんと割り切れるように。

でもやさしい二人はそれをしない。

「イリーナは色々気を使う性格でかつ、自分に厳しいけれど、もう少し我儘を言ってもいいと思うぞ。物分かりが悪くて何が悪い体でいても、誰も文句なんて言わないさ。結婚しました、はい、別の家の人間になりましたって、書類じゃないんだからすぐに割り切れるものじゃない」

レフはポンと私の頭を叩く。

完璧子供扱いだ。それでも私は大人しくレフの言葉を聞いた。

「もちろん変わっていくこともあるだろうけど、イリーナの出身はカラエフ領だ。だからいつだって帰ってもいい場所だろ。誰が、何と言おうと」

帰ってきてもいいと言った瞬間レフは何かを感じたかのようにブルリと震え、キョロキョロと周りを見渡した。

「どうかした？」

「いや……何か、怨念的なものを感じたというか……何でもない。とにかくだ。えーっと、イリーナの好きにしていいんじゃないか？　……あまり実家に里帰りしすぎると、ミハエル様が精神的に色々大変なことになるかもしれないから、ほどほどにだけど。遠慮しろとは言わないが……まあ、話し合え。ミハエル様は話を聞かない方ではないはずだしな。うん」

レフは少しだけ怯(おび)えた顔をしながら助言をした。

「僕が領主になったら、もっとカラエフ領を発展させて、姉上が暮らしやすいよう努力します。だからいつ実家に帰ってきてもいいですからね」

「言い方！　アレクセイ、それ、駄目な方向性の帰ってくるに聞こえるから。胃の痛くなる言い回しは止めろ。俺が言っているのは里帰りまでだからな。別居とかはなしだからな。イリーナの意思が一番大事だが、とにかく話し合いなしで物事は決めるなよ」

「ちっ」

「わざとらしい舌打ちするな」

アレクセイの冗談に、私はクスクスと笑った。

私はイリーナ・イヴァノヴナ・カラエフではなくなってしまったけれど、過去が消えたわけではない。もちろんこれからはバーリン領を一番に考えていかなければいけないし、カラエフ家の長女の責務もない。でもここが故郷であることは変わりないのだ。

だから寂しいという気持ちは誤魔化(ごまか)さず素直に受け止めよう。それが誰かを傷つけるわけでもないのだから。

「分かったわ。ありがとう」

「どういたしまして。何なら不満解消に、イリーナがいない間のことも教えてやるぞ。例えば、新しく雇った使用人だが、執事は公爵家の紹介で来たそうだ。メイドはこの村の人間で、庭師はカラエフ伯爵の学生時代の知り合いらしいぞ」

「あ、それ僕の手紙にも書いてありました。父に聞いたんですか？」

「いや、嫁からだ。嫁は友達から聞いて、嫁の友達は、誰だっけかなぁ」

色々我が家の情報漏洩が酷くて、私は苦笑いした。まあこの田舎ならではの緩さがカラエフ領らしいとは思う。娯楽施設のないこの場所では、噂話が一番の娯楽なのだ。

それに情報的に、母から漏れ出たのだろうなと思う。母は母で、こうやって知られても問題ない情報を流す代わりにカラエフ領内の噂話を集めてきていた。父は人付き合いが苦手なので、そういうのは母の役割なのだ。

「なるほどね」

「後はグリンカ子爵についても色々噂が回ってきているな」

「そういえば子爵は、独身なの？」

「結婚はしているし、子供もいるそうだ。イリーナもバーリン公爵子息と結婚したわけだし、俺だってよっぽど大丈夫だとは思ったさ。でも昔婚約を断った頃、カラエフ伯爵が俺を護衛に付けてイリーナを鍛えて欲しいと言うぐらい警戒していたんだ。そのせいで俺もあの名前を聞くといまだに警戒してしまってな」

何か子爵の方に利点があれば年の離れた婚約でもおかしくない。でも利点がないならただの変態であり、父は連れ去りに警戒したのだろう。

「レフ兄の危機感は正しいよ。だからこれからも警戒しといて。昨日屋敷でその変態子爵に会ったんだけど、姉上に凄く気持ち悪い視線を送っていたから。今思い出しても腹立つ」

「私だけじゃないわよ。アレクセイだってねっとりとした視線向けられていたじゃない」

「げっ。アレクセイ、本当か？　イリーナの勘違いじゃなくて？」

確かに勘違いっぽい話だし、私としても勘違いであって欲しかった。しかしアレクセイもあの視線の気持ち悪さは感じたようで、コクリと頷いた。

その仕草にレフの方も言葉を失う。

「……そう言えば、俺が護衛していた頃伯爵達はアレクセイも、あの男に会わせないようにしていたな。屋敷に来た時は部屋から出さないようにするとか。まあイリーナも会わせないようにカラエフ領の領民で協力していたから、教育的にもよくないからと思っていたが……そっちの連れ去りも危険視していたのか」

なるほど。私もアレクセイも会わせないようにされていたから、あの子爵の顔を覚えていなかったらしい。子供の頃の私達は上手く誘導されていたのだろう。

「それにしても変わった趣味よね。綺麗な少女だったらもっと他にいたでしょうに」

あえてこんな雪深いド田舎にいる領主の娘に執着する意味が分からない。子供の数だけで言えば王都の方が多いのだからその分美少女も美少年も多いはずだ。カラエフ領から私達を連れ去るかもしれないと危険視されるほど、求めてくる利点がまったく見えない。

私を選ぶ理由など、せいぜい借金の形に法を犯さず得られる可能性が高いぐらいだ。

でもそれを断られてもなお執着していたとか、何があの子爵の性癖に刺さったのか。

「姉上は十歳でも魅力しかないです！」

「……いや。うーん」

「変態の考えることは常人には理解しきれないだろうし、考えたところでどうにもならないだろ。とにかくイリーナとアレクセイは子爵には関わるなというぐらいだな」

レフの言う通りだ。

でもそうなると、何としてもカラエフ領での研究は諦めてもらわないといけない。

そんな話をしていれば、山道の入口にやってきた。ひんやりとした空気に、私はブルッと震える。

「えっ。嘘。もうこんなに雪童がいるの？」

「これは例年より酷いね」

人が通れるようにしてある山道では、コロコロと雪童が転がったり風に舞ったりしている。

私が足で潰せば、その隣でアレクセイも足踏みをして潰す。抵抗なく簡単に潰せるけれど、次から次に山からあふれ出てくるのできりがない。

それにしてもこの辺りの気温だけ冬になってしまったようで寒い。

「こりゃ、日に日に増えているな」

人海戦術が使えるわけでもないカラエフ領で、この雪童を駆除しきるのは難しい。特に今は大切な農作業期。こちらの対策に農民を投入すれば、冬の食料や来年の収穫に影響が出る。

「雪童以外の氷の神形はまだ出現していないの？」

「山の奥は分からないが、人の住んでいる辺りや農地ではまだ報告はないな。一応、山以外の場所で雪童が出た時は、潰すようにと言ってあるけどな」

雪童が成長しなければ他の氷の神形は出現しないと考えられている。だから山以外だけでも潰していければ少しはマシだ。

でも少しだけマシというだけで、この山にいる雪童達が農地の方へ転がっていくようになれば、片手間の討伐では追い付かなくなる。

「状況をもう少し把握したいし、少し登ってもいい？　この寒さだと準備不足だから、あまり深くは入れないけど」

「そうだな。俺も確認したいし、山道から外れないことを条件に、中腹ぐらいまで見に行くか」

大きな神形が出現している場合、彼らは動物の姿をとっているので、もちろん人が作った山道から外れた場所にも移動する。しかしもしもそれらを追いかけて遭難した場合、道具がなければ命の危険が高くなる。

だから山道から外れないということは、見かけても積極的な討伐はしないということだ。彼らは災害だが、こちらが何もしなければ神形自身は何もしない。ただ気候が荒れるだけだ。

「見かけるとやっぱり気になってしまうけど、仕方ないわね」

大物の神形を見かけると、ついつい討伐したくなるのが人の性だ。でも私やアレクセイが遭難したら、多くの人に迷惑がかかるので我慢だ。

「イノシシが出たぞ!!　逃げろっ!!」

山にどこまで入るかを相談していると、畑の方からそんな声と叫び声が聞こえた。続く悲鳴が子供のものだと分かった瞬間、私はハンマーをホルダーから外し、利き手で握って走りだした。

「おい。イリーナ!!」

レフが咎めるように私の名前を呼ぶ。でも私はその足を止めなかった。

イノシシは農地を荒らす害獣だ。でもそれだけではなく、走って向かってくる彼らは凶器である。ぶつかったらただでは済まない。

声が近かったので、すぐにイノシシは確認できた。そしてイノシシの進む先には子供がいた。丁度農作業中だったようで、腰を抜かしたように座り込んでいる。

私はハンマーを持つ手に力を入れ振りかぶりながら、跳躍した。そしてそのままイノシシの頭めがけて振り下ろす。イノシシは脳を揺さぶられ脳震盪を起こしたようだ。その場でフラフラと足踏みする。それでも倒れないため私は油断せず、もう一度イノシシの横っ面をハンマーで殴り飛ばした。

イノシシは少しだけ宙を舞い、次の瞬間どすんと重そうな音を立てて倒れ伏す。

可哀想だが、弱肉強食の世界だ。彼の命は、ちゃんと後で食べよう。

「大丈夫?! 怪我をした人はいない?」

周りを見渡せば、とりあえず怪我人はいなさそうだ。いたとしても、イノシシに驚いて転んだぐらいだろう。

ほっとしながら、近くで尻餅をついてしまっている少女の手を取り立ち上がらせる。

「イリーナさま……」

「怪我はなさそうね。次にイノシシが来た時は、ちゃんと逃げるのよ」

私を知っていたらしい少女は涙ぐみながらもコクリと頷いた。

「イリーナ様、妹を助けていただき、ありがとうございます。ほら、ちゃんとお礼を言って」

「あ、ありがとうございます」

近くにいた少女の姉はこちらに駆け寄ると、少女の頭を押さえつつ自身も頭を下げた。

「気にしないで。彼女に怪我がなくてよかったわ」

「うう。イリーナ様、カッコイイ」

少女の姉は頭をあげると口元を押さえ、キラキラとした目で私を見てきた。

「颯爽とピンチの時に現れる姿が、まるで王子様みたいでした。助けてもらえた妹が羨ましい!!」

少女の姉の言葉に、少女までコクコクと頷くので私は苦笑いした。

「いやいや。助けられたかったって、イノシシとは道具もなしに出会わない方がいいからね」

イノシシを甘く見てはいけない。彼らの突進がぶつかると、骨が折れるだけでは済まないことだってあるのだ。

「分かっていますよ。でも私だって一度くらい王子に助けられたいんです。あっ、でも妹が助けてもらえたということは、間接的に私も助けられたってことかしら？　夢が叶った?!」

ごめんね、王子じゃなくて。

確かに年頃の娘なら、王子様に助けられたいなんて妄想をしたりもする。職場の同僚にもいた。手を前で組みキラキラと目を輝かせている女性に私は苦笑いする。

ともかく、彼女の妹が大きな怪我をしなくてよかったとほっと息をついた時だった。

「イリーナ様」

幼い可愛らしい声ではなく、野太い低い声で私の名前が呼ばれ、私は肩を揺らす。低く重々しい声にギクリとしつつ振り向けば、レフが憮然とした表情で立っていた。

よかった。流石にさっき別れたばかりのミハエルが現れるとは思わないけれど、過去のことを思い返せばそんなミラクルが起こらないとは言えない。悪いことはしていないのにミハエルのことを思うと、ドドドドと鼓動が早まり嫌な汗が出る。

大丈夫。今日は無茶なんてしていない。

「何で真っ先に走っていくんだ。本職がいるだろうが」

「本職？」

「俺」

……あっ。

いや、厳密には本職というのもちょっと違うが、私兵団というのは基本カラエフ領の治安を維持するのが目的の組織だ。凶悪犯罪がほぼ起こらない牧歌的なカラエフ領だと、畑まで下りてきた危険な害獣駆除なども請け負う。

「追いつけなかった俺もあれだけど。というか前より足が速くなってないか？　リュックだけじゃなく、重いハンマーも持っているのに。いったい次期公爵夫人ってのは、花嫁修業でどんな鍛え方をするんだよ」

ここのところ結婚の準備やバレエで忙しかったので、そんなに鍛えてはいない。そもそも鍛えるのは花嫁修業に入っていない。

だから私が速くなったというよりはレフが遅くなった可能性が高いけれど、流石にまだまだ現役予定の彼にそれを伝えるのはよくないだろう。

だから私はへらっと笑って誤魔化した。

「仕事をとってごめんね」

「違う。謝罪するところが全然違う。イリーナが無茶をすると、ミハエル様が怖いんだよ」

「そんな、ミハエルが怖いだなんて」

誰よりも慈悲深く、人間ができた人なのに。おかしなことを言うものだ。

「そんなにイリーナ様を責めないであげて下さい。おかげで私達は助けられたんです」

「イリーナさまをいじめないで」

「いじめるって……いや、そういうわけじゃなくてな」

私がタジタジしているのが分かったからだろう。先ほどの少女とその姉が私の味方をしてくれた。幼い子供にいじめないでと言われたせいで、レフの方が困ったように頭を掻いた。

「あー。そのな。イリーナ様はカラエフ領の領主の娘であり、バーリン公爵家の嫡男の嫁なんだよ。あー、偉い人なんだ。だから怪我されるとおじさんも困るんだよ」

「でも今日はハンマー持っていたし。箒じゃないから、そこまで心配しなくても――」

「はあ?!　ちょっと待て。箒で立ち向かったことがあるのか?!」

しまった。これは出稼ぎ中のできごとだったので、内緒にしていたんだっけ。

上手く説教が終わりそうだったのに、いらない火種を投下してしまったようだ。ギョッとした顔をするレフから私は目をそらした。

「いや、その時は、えっと、仕方がない状況だったというか……」

私は助けを求めようとアレクセイを見たが、アレクセイは私のことを凄いやら武神のようだと褒めながら、村人にイノシシの解体をお願いしていた。

アレクセイの行動は正しい。生き物の命をいただいたのなら、内臓を取り出して血抜きして皮はぎまで行い、食べられるようにするべきだ。正しいのだけれど……今はよく回る口で私を褒めるよりも、話題をそらす何かを言って欲しかった。

「えっ。箒で戦うなんてイリーナ様凄いです」

「凄いじゃない」

少女の姉が私を持ち上げる方に動いてくれたが、それはレフに対しては悪手だ。レフの顔が鬼のような表情になり、ぴしゃりと女性の言葉を切った。

そのあまりに凶悪な顔に、少女がビクリと震えて姉にしがみつく。レフの説教に巻き込んでしまって本当に申し訳ない。

「いいか。前にも言ったが、敵に立ち向かう時の道具選びはちゃんとしろ。箒が折れたらどうするつもりだったんだ。時に戦うことが最大の防御になることもあるが、道具がしっかりしていないのなら逃げるのを優先してだな――」

分かっている。武器が大切なことは。レフに鍛えられたのだから。

だから言い訳はしない。前に箒でイノシシを倒した時も、仕方がない状況下だったとはいえ、かなり危なかったのだ。今ならもう少し何とかできそうな気がするけど、それも言ってはいけないだろう。レフの話は正論だ。

私は久々にレフに説教をされながら、他に隠しごととか言い忘れはなかったよねと自分の記憶を洗うのだった。

俺はイーシャと別れてからさっそくグリンカ子爵が滞在している宿に馬車を走らせた。距離としては歩いていけなくもない距離だが、公爵家の馬車は相手への無言の威圧となる。イーシャのためなら使えるものはなんだって使う。

長距離用なのでそれほど華美な造りではなかったが、カラエフ領では荷馬車は通っても人を乗せる貴族の馬車は通ることがほぼない。窓の外では農作業をしている人が手を止め物珍しそうにこちらを見ていた。

彼らの擦（す）り切れた服を見る限り裕福な暮らしはしていないのが見て取れる。しかし極端にやせ細っていたり、暗い顔をしていたりする人はいない。つまりそれだけ、カラエフ伯爵の統治は上手くいっていると言える。

　ぼんやりと外の景色を見ていれば、馬車が停まった。

「ここか」

　外に出た先にあった建物は、あまり豪華な造りではなかった。この辺りの民家とそれほど差はない。看板には酒とパンの絵が描かれている。この辺りだと王都よりさらに文字が読めない者が多いので、店の看板も文字ではなく絵であることが多い。

　カラエフ伯爵の情報だと、ここは飲食店だが、二階の部屋を宿として貸出ししている。あまり利用者はいないが、そもそも宿がほとんどない地域なので、商人のためにやっているそうだ。

　そんな貴族が泊まるには狭すぎる部屋に、グリンカ子爵は何日も連泊しているらしい。それだけで、彼の本気度がうかがえる。

　店に入ると、食事時間とずれているために客は一人もいなかった。扉が開いたことでベルが音を立てる。すると店の奥からエプロンをつけた女性が現れた。

「いらっしゃいませと言いたいところですが、申し訳ありません。窯(かま)の火を落としてしまって、今は休憩中なんですよ」

「それは残念。ただ今日はグリンカ子爵に会いに来ただけなんだ。彼を呼んでくれないだろうか？」

「お泊まりのお客さんですね。お名前を伺ってもよろしいでしょうか？」

「ミハエル・レナートヴィチ・バーリンと、彼に伝えてもらえる?」

「ああ。イリーナ様の……。少しお待ちいただけますか?」

俺が名前を言うと、彼女は納得というような顔をした。たぶんイーシャの夫だと分かったのだろう。そう。俺はイーシャの夫……この単語すっごくいいな。

これから面倒な対話をしなければいけないけれど、気分が少しよくなった。

「これは、バーリン公爵子息様。ようこそお越し下さいました」

脳内で幸せな単語を反芻(はんすう)していると、グリンカ子爵が二階から下りてきた。部屋にいたので身なりを整えるのに時間がかかるかと思ったが、髪もきっちり整髪料で整えている。几帳面な性格なのか、それとも誰かと会う約束をしていたのか。もしくは再びカラエフ伯爵に会いに行こうとしていたのかもしれない。

「お会いできて嬉しいよ。事前に手紙も送らず訪ねて悪いね」

「いえいえ。宿暮らしですので、お気になさらず」

「準備中に悪いけど、少し場所を借りてもいいかな?」

店の女性にチップを渡せば、好きな場所をどうぞと言われた。

俺は店内でも、窓からも調理場からも離れた席に先に座る。あまり正式に決まってもいない国の研究機関のことを広めたくないからだ。

後はイーシャの夫とイーシャに婚約を申し込んだことのある男がもめているという噂を作り

たくないというのもある。万が一そこから離婚疑惑の噂が爆誕して、イーシャが何か勘違いを起こしたら泣いてしまう。

「どうぞ。座ってくれるかな?」

俺が椅子を勧めれば、グリンカ子爵も席に着いた。相手は既に爵位を持っているが、公爵家の嫡男というのは彼が敬意を払わなければいけない程度の力がある。

「早速本題に入らせてもらうけれど、グリンカ子爵は以前俺のイーシャに婚約を申し込んだよね? まあ過去のことではあるのだけど、妻の実家をうろつかれるのは不快なんだ」

俺の言葉に、彼はなんの動揺も見せなかった。俺が現れた時点で言われる覚悟はしていたのかもしれない。

そんな彼は俺が話した後も俺の前にただ座ったままだった。相槌も何もない。

まるで俺の言葉の続きを待っているかのように。

「……イーシャが魅力的なのは分かるよ。たとえ婚約できなくてもお近づきになりたいと俺だって思うし。でももうイーシャは結婚したんだ。貴方が付け入れる場所はない」

いくら待ってもグリンカ子爵は何も言わないので、もう一度俺の方から話してみた。しかし彼はまたも何も言わないどころか、ピクリとも動かずジッと前を向いていた。眼鏡が反射してしまっているせいで視線が何処を向いているのかも分からない。まさか寝てないよなと思うぐらいの反応のなさだ。

おかげで人形にでも話しかけているような気持ちになる。正直何を思っているのか分からず不気味だ。

「そもそも神形の研究専門の部署を作ることは、まだ仮案の段階で王の認証も通っていない。それなのに事前に領主と交渉しようとするのはどうかと思うよ。これは情報漏洩だ。でも今回は見なかったことにする。その代わり正式に決まった時は、別の場所で研究をしてはどうだろう」

再度アプローチを変えて俺は思っていることを告げた。間違ったことは言っていない……はず。相手の反応が薄すぎて、言い負かした感じもしない。俺が言っていることが相手に通じていないのではないか、もしくは俺が頓珍漢なことを言っているからではないかと逆に心配になる。

しかし数秒置いて、グリンカ子爵は深く、深く、ため息をついた。

「貴方が羨ましい」

「は？」

「私はにべもなく断られてしまったのに、イリーナと結婚できるなんてっ!!」

ずっと無言だったのに、突然大きな声を出されて、俺は一瞬何を言われたか分からなかった。

でも断られるのは当たり前ではないだろうか。確かにお金が絡むと人は変わるけれど、自分と同じ年齢の男が十歳の娘に求婚してきたら普通は快諾なんてしない。愛しているのならばなおのこと許す理由がない。

「も、もちろんイーシャが可愛いのは分かるけど。でも絶対渡さな――」

「私だって、カラエフ伯爵と親類になりたかった!!」

どーん!!

腰を浮かせるような勢いで話す子爵の背後で、そんな効果音が聞こえた気がした。実際はそんな音はない。ガチャガチャと厨房で後片付けをする音だけだ。……本気で、誰もいない時間帯でよかったと思う。悪目立ちしかしない状況だ。

しかしようやく見えた細い目をカッと見開いたグリンカ子爵は世間体などおかまいなしな様子だ。お願いだから少しは取り繕って欲しい。

「えっと、カラエフ伯爵?」

「そうだとも。カラエフ伯爵と義理の親子になれ、イリーナの夫となり、アレクセイの義理の兄となり、その血を継いだ子供が得られるなんて!! 代われるものなら、代わりたい!!」

「きもっ……」

気持ち悪い。

正直な感想が口から出そうになって、慌てて止める。相手は色々こじらせているような気持ちの悪い相手だけど、年上であり、爵位持ちなのだ。馬鹿正直に感想を言わないのが貴族のマナーだ。うん。

もう正直眼鏡をかち割って、今すぐ出ていけと言いたいぐらいだけど。

「……あー。色々グリンカ子爵の中に強い想いがあるのは分かったよ。けれどイーシャがいくら可愛くても渡さないから」

俺は色々考えた結果、聞かなかったことにして仕切り直した。正直、盛大な事故のような発言に、上手く返せそうになかったのだ。

一応、キリッとした顔をしてみせたけれど、次の瞬間グリンカ子爵が糸目をさらに細めて笑い始めた。嫌な笑いに俺は相手を睨みつける。

「何がおかしい？」

「いや、失礼。貴方の発言を馬鹿にしたわけではないんです。気に障ったなら謝らせてもらいます。ただイリーナが可愛いから結婚とか……、貴方は本当に何も知らず結婚したんだなぁと」

何も知らず？

イーシャの交友関係やカラエフ領のことなど調べたが、それほど特記すべき点はなかった。イーシャの魅力以外で、十歳のイーシャに婚約を申し込む利点などないと思う。

「本当に、カラエフ伯爵家とお近づきになれた君が心底羨ましいですよ。私はカラエフ伯爵から毛虫のごとく嫌われてしまっていますから」

そりゃ、突然スイッチが入ったように気持ちが悪いことを叫ばれたら、俺なら絶縁して、出入り禁止にする。そもそもどこに好かれる要素があると思うのか。

「それにバーリン公爵家と敵対したいわけでもないですしね。カラエフ領で研究できないのは正直悔しいですが、自分は氷の神形の研究さえできればかまわないので、上の指示に従うことにしますよ」

イーシャ達に強い想いがあるのは間違いないが、一応研究を目的としているのは間違いないようだ。

「早めにカラエフ領から出ていってもらえるかな？」

「分かりました。今この瞬間にというわけにはいきませんが、準備ができ次第王都へ出立します。少々研究で必要な調べ物をしていまして、部屋が散らかっているんです」

確かに、今この瞬間にというのは無理だろう。それにしてもまだ許可ももらっていないのに調べ物をしていたとか、カラエフ伯爵を言い負かす気満々だったようだ。イーシャの里帰りについてきて本当によかった。

その後できるだけ速やかに退去することをお願いだけして、俺は店を出た。

それにしても疲れた。それほど時間は経(た)っていないと思うけれど、もの凄く長く感じた。毎日のようにあの男に訪ねられてもキレずに丁寧(ていねい)に対応するカラエフ伯爵はできた人だと思う。

「……イーシャで癒されたい」

グリンカ子爵との話し合いは釈然としないものを感じたが、とりあえず当初の目的であるイーシャに近寄らせないことは成功したのでよしとしよう。

彼女の安全が確保できたなら十分な成果だ。そう思い、俺は少しでも早くイーシャに会えるように山の方へ行くことにした。

パキパキッ。

歩くと足元で霜柱の砕ける音が鳴る。山の麓ですら秋の気温ではないと思ったけれど、登り始めるとさらに気温が下がっていくのを肌で感じた。雪こそないけれど、まるで冬だ。コロコロ転がる雪童のせいとするには、低すぎる気温にただならぬものを感じる。

「コートが必要だったわね」

「だな。このままだと凍死はしなくても風邪を引くな」

白い息を吐きながら話せば、レフも同意する。

雪がないので視界が悪くなることはないが、気温は進むごとにさらに低くなっている。低体温症の危険も考えると無理はよくない。

中腹まで行こうかと登る前は話していたが、一度下りてしっかり準備をした上で頂上まで見に行った方が安全だろう。

「姉上見て下さい。あれって氷樹(アイスツリー)じゃないですか？」

「嘘(うそ)。もうこの時期に氷樹がいるの?!」

氷樹は文字通り木や草などの植物の形をした氷の神形で動くことはない。しかし氷樹は霜を広げ木々や草を枯らしていく。畑でも見かけるので、皆見つけると親の仇(かたき)のようにもくもくと砕く。花の形をしていてとても美しいものもあるが、飢えないためには鑑賞している場合ではない。いつもなら雪が降り始めてから見かける神形なので、明らかに早すぎる出現だ。

今回アレクセイが見つけたのは若木のような姿の氷樹だった。幹も葉も透き通った氷でできており、神形でなければ鑑賞にもってこいな美しい外観をしている。しかしれっきとした氷の神形なので、私はハンマーを一振りして砕く。氷樹は根本辺りから折ってしまえばその後は特に根付いたり新たに生えてきたりすることもない。今も寒いが氷点下ではないと思うので、日が差せば溶け、ただの水となるだろう。

「氷樹が出ているなら、イノシシが山から下りてくるのも仕方がないな」

「仕方がないけれど、熊が下りてきたら困るわね」

この時期は山の実りも多いのでイノシシが下りてくることはあまりない。それなのに下りてきたということは山がそれだけ冬に近づいていていて食べ物が減っているということだ。季節が移り替わるタイミングが変わると人間も困るが、動物だって同じである。

「もしかしたら、大型の神形が山の何処かに出現しているかもしれないな」

レフの言葉に私は頷く。その可能性を踏まえて動かないと危なそうだ。

「大型って氷龍とかですか？」

「もしも氷龍がいるなら私達三人だけではどうにもならないわね。装備も心許ないし出直す？」

「その方がいいな」

アレクセイはまだ氷龍の討伐を体験したことがないので、氷龍という単語に緊張した顔をした。私だって氷龍に関してはしっかりと討伐隊を組んでの討伐にしか参加したことがない。ここが引き返しどころだろう。

私の言葉にレフも賛同したので、私達は急遽下山することにした。

「レフ。昔起こった酷い冷害の時もこんな感じだったの？」

借金を背負う原因となった冷害は、今までとは比べ物にならなかったと聞いている。もしもそれと同じ状況になってしまったらと思うと怖い。

「俺もその頃はまだ成人していなかったし、実際に討伐には参加していなかったから詳しくは知らないな。親父の話だと氷龍が群れを成してしまっていて、討伐しきるのに時間がかかったそうだ。さらに元々雪深いのに、群れの氷龍のせいで酷い雪で、王都からの軍の支援も遅れて悪化したとか。始まりがどうだったのかまでは聞いていないな」

なるほど。

元々カラエフ領は雪で孤立しやすい立地だ。そして群れになった氷龍はどんどん増殖していってしまうと聞く。一頭だけでも討伐は大変だというのに、一頭倒しても二頭増えていればきりがない。

むしろ支援がない状況下でよく退治しきったと思う。その討伐のせいで伯爵を継いでいた叔父が亡くなったとは聞いているけれど、下手したらカラエフ領自体がなくなっていた可能性もあった。

「その点、現カラエフ伯爵は凄い。イヴァン様が爵位を継いでからは、そこまで深刻な状態になったことがなかったんだからな」

「えっと単に運がよかったのではなくて？」

父が凄いと手放しに褒められると、なんとなく不安になる。いや、父が悪いとは思っていない。父はできることをちゃんとしている。ただし歴代のカラエフ領の伯爵達は、必ず討伐の先陣を切っていた。しかし体が弱い上に運動神経も皆無な父はそれができず、そのことを悪く言う声もあった。

だからこそ私は父に代わって討伐に加わるようになったのだ。伯爵家の人間が一人でも討伐隊に加われば文句は減る。

「確かに運はあるかもしれないけど、それは過少評価しすぎだ。もしかして、討伐に加わらないことをぐだぐだ言う暇な爺さん達のことを気にしているのか？　まあ歴代のカラエフ伯爵と言えば武に優れた人が多かったらしいからな。でも氷龍が群れる前に必ず討伐をして、討伐による死者が出なくなったのは、現カラエフ伯爵であるイヴァン様のおかげだぞ？」

確かに時折雪崩に巻き込まれるなどの事故は起こるが、討伐そのもので命を落としたという話は聞いたことがない。それでも一昔前はよくあったと、私が慢心しないようにレフから何度も聞かされていた。

「イリーナの父親は本当に凄い人なんだからな。まあ本人の性格的な問題で分かりにくいけれど。カラエフ伯爵は確実に討伐場所を当て、氷龍の出現を確認する前に国への申請を出すから、氷龍の討伐が間に合わないなんてことは一度もなかったんだ。あの方は俺達が安全に住めるように誰よりも配慮して下さっている」

ずっと父の統治下で過ごしていた私は、そういうものだとしか思えないが、前のカラエフ伯爵の統治を知る人からするとかなり災害が落ち着いているらしい。

お年寄りの中にはそれでも、討伐してこそと思っている人もいるけれど。

「自分で討伐できなくなった人間の言葉なんか真に受けるなよ。【討伐で傷を作ってこそ一人前の男】だなんていう馬鹿げた風習は害悪だ。安全に討伐ができるならそれに越したことはない」

昔の伯爵は――という話を何度も聞かされていたので、私自身もそういうものだと思い込んでいた節がある。でも討伐で命を落とすのはよくあることで、それが誉れだという考え方は私も嫌だし、そんな環境に弟を置きたくない。そう思えば、父の先手を打つ討伐方法はかなり画期的であり、実際それで上手くいっている。

「僕は……できるでしょうか」

ポツリとアレクセイが不安そうな声を漏らした。アレクセイはまだ若いし学校にも行っているので討伐経験が浅い。

だから歴代の討伐の先陣を切ったカラエフ伯爵のようにもいかなければ、父のやり方が上手くいくかも分からない。父の方法は父の記憶力のよさにかなり頼っていると私は思っている。

とはいえ、初めから上手くいく人間などいない。

「あっ。イーシャ!!」

アレクセイを励まそうとしたタイミングで私の愛称が呼ばれた。前方を見ればミハエルが眩しい笑顔で手を振っていた。丁度山を下りた場所まで迎えに来てくれたようだ。

「行き違いにならなくてよかった」

「ミハエルの用事は終わったのですか？」

「もちろん。グリンカ子爵がカラエフ伯爵にこれ以上迷惑をかけることはもうないと思うよ」

こんなに早く解決させるなんて流石はミハエルだ。やっぱり神なのだろうか、いや、神に違いない。

「イーシャ？」

「い、いえ。ミハエル様が神様――ごほん。とても助かりました。本当に、ありがとうございます」

ミハエルの疑うような眼差しが痛い。すみません。鮮やかすぎる解決に、久々にミハエル様は神様だと思ってしまいました。でもそれを言うと機嫌を損ねてしまうので、にこりと笑ってお礼を言う。

「公爵子息なんだから、子爵に命令すれば撤退させられて当然じゃないか」

「こらっ、アレクセイ」

「いや、アレクセイの言うことはもっともだよ。でもそれをしたのは、イーシャがそれだけ大切だからだよ」

アレクセイがミハエルを睨んだので、私が頭を上から押さえる。やってもらっておいて、その発言はない。

「ごめんなさい、ミハエル。ほら、アレクセイも」

「……すみませんでした」

言ってはいけないことだと分かってはいるらしく、数秒黙ったがアレクセイもちゃんと謝罪をした。

「ミハエル様がいらっしゃったなら、俺は私兵団に現状の山の状況を伝えてきますので、イリーナ様をお願いできますか？　アレクセイは俺と一緒に来てくれ。イリーナ様はカラエフ伯爵に山の状況の報告をお願いしてよろしいでしょうか？」

「えっ。それは別にいいけど……」

私は情緒不安定な弟を見ながら、ちゃんと話し合わなくていいのだろうかと悩む。突然ミハエルに喧嘩を売るように嫌味を言うのもおかしいけれど、その前に伯爵を継ぐにあたって気弱なことを言っていたのが気になる。

「こっちは俺の方で大丈夫ですから」

無理やりっぽいへたくそなウインクをレフがしてきた。レフとは付き合いが長いので、アレクセイも異性である私よりも話しやすいことも多いだろう。何だかんだレフには本当に頼りっぱなしだ。

「アレクセイ、それでいい？　えっと。私も一緒に私兵団の方に顔を出してもいいけれど」

「大丈夫です。伯爵家として僕がレフと一緒に行きます。姉上は申し訳ないですが父上への報告をお願いできますか？」

アレクセイは未成年だけど子供というほどの年齢でもない。そして次期伯爵でもある。アレクセイのプライドを傷つけてもいけないと思うと無理にはついて行けないけれど……。

「分かったわ。えっと後ね。その……。さっきいい伯爵になれるか心配していたけど、私はアレクセイなら大丈夫だと思っているから」

「ほ、本当に?!」

言葉に迷いながら、どう伝えればいいか考えていたけれど、思った以上に素直に受け止めてくれたようだ。ぱあああと音がしそうなぐらい顔が明るくなる。

「ええ。アレクセイにはアレクセイのいいところがあるもの」

歴代の伯爵より武に優れているわけではないかもしれないし、父より記憶力がいいわけでもない。でもそれだけが伯爵に求められる能力ではないし、アレクセイはまだまだ成長段階だ。

上手く伝わったか分からないけれど、アレクセイはスキップをしながらレフと一緒に立ち去った。少しはアレクセイの不安が取り除ければいいなと思う。

「じゃあ、俺達も行こうか」

「はい。あの、本当に、さっきはアレクセイがすみませんでした」

「俺は彼からしたらイーシャを奪った男だしね。多少嫌われるのは仕方がないさ」

「そんな。ミハエル様を嫌うだなんて。これはもっとちゃんとミハエル様の素晴らしさを――」

「やめてあげてね。弟にまで布教しないで。改宗するとは思えないけれど、俺もアレクセイも可哀想になるから」

ミハエル様を嫌うなんてあり得ないのできっちり教えようと思えば、ミハエルに止められた。

ミハエルがそう言うなら、止めておこう。

「それよりも、俺の繊細な心がミハエル教により傷ついたから慰めて欲しいな」

「えっ。そ、そんな、どうすれば」

「こうやって、手を握ってくれれば大丈夫。あー、癒されるなー」

いやいや。私の手にそんな魔法みたいな力はない。それでも幸せそうな様子のミハエルの手を振りほどくなんてできるわけもなくて、そのまま指を絡めるように手を繋いで家に向かった。

横を見ればすぐ近くにミハエルの顔……なんという贅沢な時間だろう。気恥ずかしさと、幸せと、尊さで頭が破裂しそうだ。

ミハエルと結婚したというのは、頭では分かっているつもりだけれど、まだまだ色々と慣れない。

「そ、そうだ。先ほど山を少しだけ登ったんですけど、既に氷樹まで出現していまして。私が登ったところはまだ雪がなかったのですが、冬の山のような寒さになっていました」

「それは心配だね」

「はい。レフとも話しましたが、もしかしたら大型の氷の神形が既に出現してしまっているのかも……」

もしも氷龍が出現しているならば、急いで討伐をする必要がある。まだ雪は降っていないので、王都へ助けを求めても来てもらえるとは思う。それでも間が空けば、氷龍は成長し、やがて群れとなり、討伐が難しくなるので時間との勝負だ。

「まだ里まで雪が降っていないなら猶予はあるはずだから、大丈夫だよ」

「そうですね」

ミハエルに大丈夫と言われればそれだけで大丈夫な気がするのだから、やっぱりミハエルは凄い。

「俺の方は、なんと言うか、うーん。かなり独特な子爵だったよ。一応話はつけたけれど、もしもがあるといけないから、彼が確実にカラエフ領からいなくなるまでは一人での行動は慎んでくれる？　イーシャの行動を縛ることになって申し訳ないけど」

「いいですよ」

たとえ襲われても、ひょろっとしていたので遅れは取らないとは思う。一人でも撃退可能だ。でも私が一人で行動しないことで、ミハエルが安心できるならば、多少の不便は仕方がない。

「それにしてもミハエルは心配性ですね」

「イーシャが強いのは知っているけど、大切だからこそ心配するんだ。……そういうのは迷惑だったりする？」

「いえ、全然。その……凄く嬉しいです」

心配されるということは気にかけてもらえているということだ。

だからミハエル様の手を煩わせて申し訳ないと思う反面、ミハエルに想ってもらえて嬉しくて、胸が温かくなる。

「あーもう、本当に俺の奥さんは可愛いなぁ」

チュ。

そんなリップ音付きで、額にキスを落とされて、私は慌てた。ミハエルと繋いでいない方の手で触る。寒かったはずなのに、一気に暑くなった気がする。

「あ、あの！　ひ、人目、人目がある場所は、そのっ!!」

「ごめん、ごめん。イーシャが可愛すぎて。次から気を付けるね」

絶対気を付けるつもりがなさそうな軽い謝罪に、私は顔を真っ赤にさせることしかできなかった。

実家に戻った私は、早速父に山の現状を伝えに行った。父は驚いたという様子もなく、黙って私の報告を聞く。普段のおどおどしている雰囲気とはどこか違った。

「――というわけで、山は思った以上に冬に近づいている様子でした」

「そうか」

そう言って、父は黙りこむと難しそうな顔をした。父は何かを考える時に、地図を広げることも、書物を読むこともしない。それらを使う時は、相手に自分の考えを述べる時だ。父の頭の中に情報だけはすべて揃っている。そして考え始めると、沈黙してしまう。

しかしそれを知っていて、父がずっと黙っていることに慣れている私はまだしも、ミハエルはずっと沈黙されたら困るはずだ。

「再度、山の偵察をしますか？」

普段なら声をかけずにそっとしておくが、私は少しだけ待ってから声をかけた。すると、父は一瞬キョトンとした顔をした後ハッとした顔をした。声をかけたことで私達の存在を思い出したようだ。たぶん色んな記憶を手繰り寄せたりしている間に、現在の状況がすこんと抜けたのだろう。

「あ、ああ。偵察はするが、今のうちに国に氷龍の討伐要請を出すよ」

「お父様は既に氷龍が出現しているとお考えなのですか？」

父はなんてことないように言ったが、私達は氷龍が出たなんて言葉は初めて聞いた。脳内ですべて完結してしまっているので父は私達の驚きに気が付いていない。なのでミハエルにも分かるようにたずねる。

「えっと……そうだね。八割がたは。もしかしたらそのギリギリ手前かもしれないけれど、このタイミングで要請を出しておかないと、来てもらえないかもしれないから。ほら、雪が酷くなりすぎて」

確かに。

通常の雪でも商人が避ける地域だ。商人より鍛えている武官でも、深い雪は進行を妨げる。

「でも要請を出すということは、氷龍がいる場所を明記しないといけませんよね？　どうやって申請するのですか？」

国への要請形式を知るミハエルが父にたずねた。確か国に助けを求める場合でも、領主側が氷龍についての調査を添付しなければいけなかったはずだ。

「少し待ってくれないか？」

そう言い、父は立ち上がると書棚から山の地図を取り出した。たぶん、父が自分で作成したものだろう。父の字で細かく記載がしてある。

「氷龍が今出現しているならば、一番可能性が高いのは……ここかな。うーん。いるならここで間違いないと思う。もしくは、こことここの二か所だけど、過去の情報から考えるとまだ二頭目はいないはずだから」

「どうして偵察隊を組んでいないのに、そこまで的確に分かるのですか？」

父が地図を指さしながら説明を入れれば、ミハエルが驚いた様子で前のめりに聞いてきた。それに対して父は逃げ腰でいつものごとく、挙動不審に視線を彷徨わせる。……こういう姿をするから父が凄いという実感が持てないのよねと思う。

でもレフが言う通り、父はこれまで自分の目で見ることなく、何度も氷龍の居場所を当てて災害を最小限に抑えている。

「カ、カラエフ領での氷龍が出現する場所はほぼ決まっているんだ。その。統計的に。後は毎日の空の様子と、暦、雪童の大量発生場所を考慮し、この辺りで氷樹が出現しているなら……。えっと、氷龍が出現していると仮定するとここになる」

「過去の情報と言われましたが、どれぐらいの期間を確認してですか？」

「私の祖父の代からなので八十年ぐらいかと……。ただし紙も安くはないから、必要最低限しか残っていなくて。私が爵位を受けてから報告にあがった神形の情報は頭に残っているから、ここ十五年の情報は正確だと思う。後は学生時代、過去の王都の武官が討伐に向かった氷龍の情報と気象情報を図書館で読んだから、まあ、それなりに、正しいと思うけど……」

　へらっと笑いながら、父は困った顔で私の方を見た。ミハエルが愕然としたような顔で固まっているからだろう。

「今年の雪が酷くなるかもというのは、天候とか暦の関係から推測したのですか？　雪童がこの時期にしては多く、山の気温が低すぎるので、異常は感じましたけど」

「ああ。それは、えっと。雪童といってもよく観察をすると、すべて同じ形をしているわけではないんだ。雪童は成長すると大型の氷の神形になっていくのだけれど、すべてが成長できるわけではなくて、成長する個体としない個体がいるんだ。成長しない個体は、他の雪童に吸収されたり、自然に消えたりするかな。大量発生している時はどんどん増えているように見えるけれど、雪童の半分ぐらいは一日で消えて新たに出現しているよ。成長する個体の中でもより多くの雪童を同時に発生させて吸収していく個体が、たぶん最終的に氷龍になっているのではないかと思う」

「へぇ……あの、ミハエル、大丈夫ですか？」

　父が父なりに一生懸命説明しているが、ミハエルの顔は相変わらず唖然としている。そう言えば、カラエフ領に行く前に神形が増える兆しはまだ分からないとか言っていた。もしかして、今父が話していることも、世紀の大発見的な？

　父が上手く伝わっているだろうかと不安気に話すので、まったくそんな感じがしないけれど。

「大丈夫……うん。ちょっと、色々衝撃が大きいけど。でもカラエフ伯爵ともっと話はしたくなったかな」

「わ、私と？　喋るのは得意ではないので、ミハエル君を楽しませる話ができないんだが……」

「十分、本当に、今の感じで十分楽しいです」

　視線を足元に向けてどうにか断ろうとしている父に反論させない勢いでミハエルが全肯定した。父はそれでも嬉しそうというより、困った顔をしている。

「その。私は、体があまり丈夫ではないんだ。だから、雪童は自分で観察もしているが、他の神形は報告されるだけで、実際を知っているわけではなくてね……」

　うん。そうよね。

　もしも父が雪山を登れるだけの体力と運動能力があれば、神形を退治できなくても見ることはできただろう。しかし実際はそれすらできない。雪童に詳しいのは、逆に言えば雪童しか自分の目で調べられないからだろう。雪童なら山に登らなくても見られるし、攻撃性はまったくない。

　思えば父は幼いアレクセイを雪の中連れて行くことがあった。もしかしたら雪童について教えていたのかもしれない。雪童で冬の状況が分かるなら、将来カラエフ伯爵となるアレクセイには必要な知識だ。

「それでも、色々ご教授いただきたいのですが。よろしくお願いします！」

「わ、私なんかに、頭、頭なんて下げないで下さい。わ、分かったから。私が知っていることなら何でも話すから」

「ありがとうございます！」

　ミハエルが頭を下げたせいで、父が今にも倒れそうなぐらいの顔色で慌てふためいた。頭を下げられることに慣れていないので、本気で止めて欲しいのだろう。ミハエルはそれも見越した確信犯だ。

　流石はミハエル様。父の扱いも既にばっちりだ。

「そうだ。話し合いが長くなりそうだから、イーシャは別のことをしていてくれる？」

「……分かりました。なら、母が今、料理の準備をしている頃なので手伝ってきます」

　神形の話なので、もしかしたら国家機密の話も出てくるかもしれない。伯爵である父ならまだしも、私はいない方がいいだろう。

　父は置いて行かないでと言いた気な顔をしていたけれど。

「えっ。イーシャの手料理?!」

「はい。今日はメイドが休みの日なので。手作りといっても、素人ですのでそれほどたいしたものはできないですが」

「いいや。イーシャの手料理なんて、どんなシェフでも太刀打ちできないよ」

……一瞬でハードルが上がった気がする。どんなシェフも敵わないような技術は流石に私も持っていない。

ミハエルは愛情とかそういうもののことを言っているのだとは分かるけれど、それでもあからさまにがっかりされそうなメニューは出せなくなった。

というか相手はミハエル様。そもそも粗末なものを出すわけにはいかない。神への供物なのだ。たとえ素材が微妙でも手間暇をかけて最高の一品にしなければ。

「分かりました。全身全霊をかけ、極上の一品を作ってきます」

「……うん。なんだか、思っていたのと違う方向にとらえられている気がするけど、楽しみにしているよ」

楽しみにしている。その言葉だけで百人力だ。

私は闘志を燃やしながら台所へと向かうのだった。

イーシャが部屋から出るのを見送りながら、俺は嫌なことは早く済ませてしまおうともう一

度カラエフ伯爵の方を向いた。真正面から見るカラエフ伯爵は相変わらず視線が合わず、おどおどしている。だからといって、侮ってはいけない相手だ。

副隊長が以前カラエフ伯爵を軍に引き抜けないかと言っていた意味がようやく分かった。記憶力がいいというのは多少いいという意味ではなく、常人よりはるかに超えてという意味で、さらにそれらの情報を組み合わせて使える頭もある。それだけの能力を持っていても社交が苦手なのは、もしかしたらだからこそなのかもしれない。

彼は忘れたい記憶も忘れられない人間なのだ。人付き合いが増えればあえて傷つけようとする言葉を使う者もいるだろう。そして普通の人ならその言葉を忘れてしまうけれど、彼は一言一句死ぬまで忘れられないのだ。そうなれば、人付き合いが増えれば増えるほど精神が疲弊し、よほど心が強くなければやっていけない。

だからあえて社交をしないのだと思う。出世欲がないのも影響しているのだろう。もしもあったならば、貴族の弱みを簡単に握り裏でこの国を牛耳っていたかもしれない。正直、今小動物的におどおどしている状況は正反対で、先ほどの会話がなければそんなこと小指の先も思わなかったけれど。

「今度は俺からグリンカ子爵について話してもよろしいでしょうか？」

「あ、ああ。手を煩わせてしまってすまなかったね」

「いいえ。ここはイーシャの大事な実家ですから。あんな、変態が出入りしていたら気が休まらないですし」

「変態？」

カラエフ伯爵がおやっという顔で首を傾げた。

「えっと、十歳のイーシャに婚約を申し込んだと聞いたので変態だと思ったのですが？」

「い、いや。続けてくれ。そうだな。うん」

あれを変態の枠組みに入れずに対応しているとか、カラエフ伯爵は結構懐が広いのかもしれない。いやでもグリンカ子爵は毛虫のごとく嫌われていると言っていたな。もしかしたら変態というよりも害虫扱いなのかもしれない。

しかしあの嫌な笑いや視線、さらにカラエフ伯爵一家と親類になれなかったことを悔しがる気持ち悪さは、俺からしたら十分変態だ。

ただし、少しだけ引っかかりを感じてもいる。グリンカ子爵は俺に対して【何も知らず】と言った。一体何に対してのことだろう。イーシャは人より身体能力が高いけれど、十歳の時にそれが目に見えて分かったとは思えない。彼女が体を鍛えたのは婚約を申し込まれた後だ。となると、カラエフ伯爵と同じ記憶力という意味だが……。

「イーシャは記憶にないと言っていましたが、あの子爵とイーシャは本当に面識がないんですよね？」

「あちらが遠目からイリーナを見ていることはあったかもしれないが、イリーナとの会話は許したことがないよ。彼は一方的にイリーナを見初めて、資金援助をするから嫁に欲しいと言ってきたんだ」

　偶然どこかで出会っている可能性もないか。

　イーシャが出稼ぎを始めたのが八歳で、申し込まれた十歳まで二年ある。だからカラエフ伯爵が知らない間にということも考えられるが、イーシャの記憶力はいいので、忘れているという線も低い気がする。

　そもそも俺だって出稼ぎ中のイーシャを見つけてから、イーシャが伯爵家の娘だとたどり着くまでに結構な時間がかかった。グリンカ子爵が俺よりも早くイーシャの身元にたどり着けるとは思えない。

「そうですか。彼には、婚約を一度でも申し込んだ相手が妻の実家をうろつくのは不愉快だから近づかないで欲しいと伝えました。ただすぐに出立することはできないと言っていたので、もうしばらくは警戒しておいた方がいいと思います」

「すまなかったね。こちらの問題に付き合わせてしまって。彼はしつこい質なんだ。以前断った時も、しつこく通ってずっと領地をうろつくから、レフにイリーナの護衛を頼んだぐらいで」

　レフから聞いた話とそれほど変わりはない。何か特記することがあれば言われそうだけれど、ないということは【何も知らず】という言葉はイーシャにかかっているわけではないのだろうか。

「失礼ですが、前カラエフ伯爵だった義父上の弟は、貴方のように記憶力がよかったのでしょうか？」

グリンカ子爵の執着は、カラエフ伯爵自身にも向かっている。

もしもこの異常ともいえる記憶力が遺伝性ならば、イーシャも同様に高い記憶力を持っていると考えてもおかしくないんじゃないだろうか？

「いや。弟の記憶力はいたって普通だったと思う。身体能力は多少人よりは高かったけれど」

「そうですか……」

だとすると、グリンカ子爵の執着はイーシャにではなく、カラエフ領に関してだろうか。カラエフ領は氷の神形の出現が多く研究所の候補地にもあがっている。グリンカ子爵は神形の研究を個人的にしている人だ。だからカラエフ伯爵と親族になることができれば研究がしやすいと思ったとかだと一応筋は通るだろうか？

「その、グリンカ子爵なのだが、最近力の強い貴族の後ろ盾を持ったようで……もしかしたら、バーリン領にまで押しかけて迷惑をかけるかもしれないんだ。本当に、申し訳ない」

「謝らないで下さい。カラエフ伯爵の責任ではありませんので」

悪いのはどう考えてもグリンカ子爵で、カラエフ伯爵は被害者である。

「それにイーシャは魅力の塊ですから、狙われるのは仕方がないですね。もしも何かしようものなら完膚なきまでに叩き潰しますけど」

物理的にはイーシャ自身でガツンとやってくれると思うので、俺は社会的に攻めようと思う。

「魅力……。いや、その。よろしくお願いします。実を言うと君からの婚約の申し込みを受け入れたのは、君がイリーナにとって特別だということともう一つ。グリンカ子爵のような相手をはねのけられると思ったからなんだ」

カラエフ伯爵は深く頭を下げた。

「君からの申し出がなかった時はイザベラ――ソコロフ伯爵の後を継ぐ青年と結婚をさせるつもりだったんだ。イリーナの意思はできる限り尊重したいが、平民の男性と結婚すると物理的には何とかなっても、権力などで脅された場合太刀打ちできなくなる可能性が高いからね」

「頭を上げて下さい。ソコロフ伯爵から結婚式の日に少しその話は伺いましたし、イーシャは魅力的ですから、伯爵が心配になるのも無理ありません」

少々過保護かもしれないけれど、それだけイーシャのことを大切に思っているのだろう。意外に子煩悩のようだ。

それにしては最近までイーシャとの関係はかなりぎくしゃくしていたけれど。

「俺はイーシャの夫に選んでいただけて光栄だと思っています」

「娘をよろしく頼む」

カラエフ伯爵は顔を上げると灰色の瞳をまったく揺らすことなく、真っ直ぐに俺を見据えた。

そんな強い視線に俺は頷く。

ここまで伯爵が大切に育ててきたイーシャを、今度は俺が大切にしていこうと心に刻んだ。

ミハエルに美味しいご飯を食べてもらおう。

そんな神の啓示を受けて台所へと来た私はエプロンをつけ、料理の手伝いに入った。と言っても、もうメニューは母が決めているので変わらない。今日のメニューはミンチ肉とみじん切りの玉ねぎを混ぜて成型したものにパン粉などをつけて焼いたコトレータとジャガイモを潰したピュレにスープ。後は黒パンだ。結構凝ったメニューなのは母が私達を歓迎してくれているからだろう。

「オリガまで手伝わせてごめんね」

「いいえ。ご一緒に料理ができて光栄です。むしろイリーナ様とお母様こそ、お休みされても大丈夫なのですが」

本来のオリガの仕事には食事の準備などは入っていない。いわば業務外の仕事だ。本当に働き者である。王都に帰ったら特別報酬を渡すか、休暇を取ってもらおう。

「私はミハエルに最高の手料理をご馳走すると言ったから」

「私も大丈夫よ。長年料理は自分でやってきたから。最近メイドを雇って料理する回数が減ったから、趣味みたいな感じで楽しみなの」

私はミハエルへの想いを込め、玉ねぎのみじん切りを誠心誠意込めて作る。目から涙が出てしまうが、これも神からの試練だ。ミハエル教よ永遠なれ。

「まさか嫁いですぐに一緒にイーラと料理ができるなんてね」

「あははは」

普通なら嫁いでこんなに早く実家に帰ってきたら追い返されるかもしれない。しかも私が住んでいるのはご近所ではなく、はるか遠い王都なのだから。

「そういえば、気になっていたんですけど、お母様ってもうニキータさんの信仰はやめたんですか？」

話題を変えてそんな話を振ると母は料理する手を止めて、いたずらがバレた子供のような顔で笑った。

「知ってしまったのね。出どころはニーカからかしら。そうね……やめたわけではないし、お休みというところかしら。ニキータ様関係のグッズは捨てずにちゃんとベッドの下にしまってあるわよ」

「そんな場所に……」

母達の寝室には私もあまり立ち入ったことがないが、祭壇がないことは知っている。でもまさかベッドの下に隠してあったとは。

「ニーカのバレエはどう……ではなかったわね。踊ることは止めてしまったからイーラは見られなかったわよね。彼、元気だった？」

母は若い頃バレエをしていたニキータさんを信仰し、神のように崇めていた。それなのに彼のことをニーカと略称で呼ぶ。その上で母はニキータさんから告白されたのに神様とは付き合えないと言って振り、父と結婚した。

母とニキータさんは一体どういう関係になっているのだろう。

ついでに言えばニキータさんが父のことを親友のように扱っていたので、父も含め三人の関係が私には謎に感じる。

「はい。お元気でした。今はローザヴィ劇所の支配人としてバレエを精力的に支えていらっしゃいました」

「年をとってもニーカはかっこよかったでしょ？　まあ、私も手紙のやり取りだけで十年以上会ってないから見た目は分からないけどね」

「えっと。かっこよかったです。足を悪くされていましたがスマートで……。お母様は結婚式の後は王都の方には寄らなかったのですか？」

結婚式はバーリン領で執り行われたが、バーリン領と王都は日帰りできるぐらいに近い。行こうと思えば行けなくはない距離だ。

「バーリン領とカラエフ領は離れているから往復だけで結構かかってしまうでしょ？　それに王都に行ったら沢山（たくさん）会いたい人もいるからとても一日では済まなかったでしょうし。ヴァーニャが領地を長く空けていたから早めに帰りたかったというのもあったからね」

母は父のこともイヴァンではなく略称のヴァーニャと呼ぶし、私のこともイーラ、弟のアレクセイもリョーカと略称で呼ぶ。基本的に社交的な人で、社交性ゼロな父の代わりを務めるぐらいだ。

そのため神と崇めていたニキータさんのことをニーカと呼ぶのも、母だからと納得できた。でもずっと信仰をしていたのに、手紙のやり取りだけで満足できるものなのだろうか？

「お父様が許さなかったのですか？」

そもそも領主である父が早めに帰ればいいだけなので、母まで付き合う必要はない。ただし女性の一人旅となると少々物騒にはなるけれど。

「いいえ。ヴァーニャは行っておいでと言っていたわ。だけど私が断ったの。ヴァーニャを一人で帰すと道中心配だったし」

確かに。

父一人の旅は私も心配だ。父は何もないところで転べる人なのだ。

「それにあの人は、焼餅を焼くどころか、やっぱりニーカと一緒の方が幸せだったんじゃないかと変な方向に考えがちだし。王都へ行くのはヴァーニャと一緒の時の方が私も楽しいからね」

……そういえば、確かにそんなことを父は言っていた。父はどこまでニキータさんとの話を伝えているか分からないけれど、母は父の思考回路などお見通しのようだ。

「そうでしたか。お父様は何かその……王都での話はされましたか?」

「それが全然してくれないの。聞けば答えてくれるんだけど、話の要点をまとめるのが下手なのよね。全部記憶してしまっているから、興味深くて特に覚えていることというものがないからかしら。ニーカのバレエ団はどうだった?」

「えっと。とてもすごかったです。今期のプリマのゾーヤさんがとても美しい方で、踊りも素晴らしかったです。後は……その、着ぐるみを着て踊る方もいました」

「あら。今のはそんな変わった演目もあるのね」

チラッと着ぐるみの話を振ってみたが、母は変わった演目に驚いただけのようだ。どうやら父は私が着ぐるみを着て踊っていた話をしていないらしい。

それなら母を無駄に心配させないよう、着ぐるみを着て踊ったことや戦ったことは黙っておこう。

そのため私は王都で見た演目の話などをした。私はそれほど説明上手ではないが、母は楽しそうに聞いてくれる。さらに母は私のダンスの先生であるスザンナ先生のプリマ時代の話を熱く語った。母はニキータさんを信仰していたが、そもそもバレエというものが好きだったのだろう。

でも私の前では一度もそんな話をしなかった。それはきっと、カラエフ領から王都なんて遠すぎて、とてもじゃないが行けないからに違いない。母自身が踊れるわけではないので、見たこともないものを説明するのも難しければ、説明して興味を持たれても観せられないのも理由だろう。

借金の返済が終わったのは、本当につい最近で我が家にそんな余裕はなかった。

「……お母様はバレエが好きみたいですけど、カラエフ領に来てしまってよかったのですか？」

あまりに楽しそうに話すので、私はつい素直な気持ちを言ってしまった。しかし口に出した後に、これは言うべきではない言葉だと思いハッとする。

過去には戻れないのだ。

たとえ本当は行きたくなかったとしても、三歳の私がいて、アレクセイがお腹にいた状態の母に選択肢などないに等しい。母は人を傷つけることは言わない人なので、もしも本当は嫌だったとしたら、きっと苦い気持ちで嘘をつかせることになるはずだ。

しかし私の心配をよそに、母は嘘のない笑みを見せた。

「後悔はないわよ。ちゃんと私は選んでヴァーニャについていったの。イーラやリョーカがいたから仕方がなくとかでもないわ。イーラにはいつも気を使わせてしまってごめんね」

「いえ……」

私が顔色を変えたことに気づいたからだろう。母は私に謝った。

「信仰より大切なものができてしまったからね。実を言うとね、ヴァーニャは私達が王都に残ってもいいと言ったの」

「えっ。お父様が？　そ、それって離縁という意味ですか？」

まさか離婚の危機があったとは。確かに、カラエフ領と王都では全然生活が違う。そんな話が出てもおかしくはない。

「本人の胸倉掴(つか)んでどういうつもりか問いただしたら、どちらでもですって。選択肢を私に丸投げ。離縁してもしなくても、私に金銭的援助はするっていうのよ。もう腹立たしいというかなんというか。王都には友人達も大勢いたから、イーラと赤子のリョーカがいても何とかできたとは思うわ」

胸倉掴んだんだ。ところどころに出てくる母は、私のイメージする穏やかな母とは違う。でもそれも母の一面で、父は母の色んな顔を引き出していたのだろう。

「そもそもカラエフ領までどれだけの距離があると思っているのという感じだったし。だから私からヴァーニャと離れる気はないって宣言したのよ。ヴァーニャは、私が好きだから残ってもいいという馬鹿げたことを言ったというのは分かっていたからね。まあ、一発みぞおち辺りを殴らせてもらったけれど」

……母は凄く力が強いというわけではないけれど、父が虚弱すぎるので、その一撃はさぞかし痛い愛だっただろう。

貴族の中には、世継ぎさえできれば別居状態な夫婦もいる。だからおかしな話ではない。でも母は自分の意志でそれを選択しなかった。

そこに嘘偽りはなくてほっとする。

「神様を王都に置き去りにしても？」

ただいくら父のことが好きでも、母が離縁も別居もせず、カラエフ領の貧しくて不便な暮らしを耐えていたのは事実だ。

沢山語れるぐらいバレエ好きなのに、それを観られないどころか、今の今まで口にもしなかった。本当にそれで後悔はなかったのだろうか。

「ええ。私の信仰がなくなっても、ニキータ様はどこででも輝けるしね。それに信仰はね、不幸になるためのものじゃなくて幸せになるためのものなのよ。信仰を中断したからって不幸にしてくるような心の狭い神様なんかこっちから願い下げよ。とにかくあの時私はヴァーニャとカラエフ領を支えていく方が幸せだと思ったんだから仕方がないわ」

そう言って母は肩をすくめた。

「それにニーカ達と手紙のやり取りはしていたから寂しいという感じでもなかったわね。手紙に気を利かせて姿絵を入れてくれることもあったし、遠距離信仰もこれはこれで楽しかったわよ」

遠距離信仰ってなんだろう。

そもそも神様と近距離で過ごす方がまれである。

「そうですか」

「そしてね。リョーカが成人して爵位を継いだら、ヴァーニャと王都に行ってニキータ様が育てたバレエを鑑賞するのが夢なの。余裕がある時だけやる信仰もありだと思わない？」

常にミハエル教を信仰してきた身としては、信仰をしない期間というのはあまりピンとこないけれど、不幸にするためのものではないというのはとても納得できた。私は私が幸せになるためにミハエル様を目指していたのだから。

「イーラの信仰対象はミハエル君よね？　だったら、普段は信仰をお休みして妻として支えて、何かミハエル君が偉業を成し遂げた時には、ミハエル君の銅像を領地に建てるとかどう？」

「それは素敵ですね！」

バーリン公爵領に立てられたミハエル像。想像するだけでよだれが出そう……。

これは是非とも実現させなければ。

「今後は生活も変わって信仰どころではない日もあるでしょうし、ミハエル君もずっと神様扱いだと拗ねてしまわれない？」

「拗ねますね」

むしろ拗ねられ続けたので、現在ミハエルとミハエル様は別物として取り扱っている。ミハエルは自分自身に嫉妬するぐらい嫉妬深い。

「だから、ここぞという時に本領発揮する信仰でもいいのよ。とにかくイーラにとって一番幸せな道を選びなさいな」

「はい」

「それからこっちはこっちで上手くやっていくし、どうしても力を貸してもらいたいぐらい困ったらちゃんと連絡するから、カラエフ領は心配しなくても大丈夫よ。でも、もしもの時はお願いね」

「……はい」

母には、私がまだ自立しきっていないことがバレバレのようだ。あえて付け加えられたお願いに苦笑いする。

「後はあまり帰ってきてしまうとミハエル君に恨まれてしまうから言えないけど、たまには顔を出してくれると私が嬉しいわ。もちろん、ヴァーニャも内心凄く喜んでいるわよ」

許可がなければ行けない場所ではないけれど、歓迎してくれるという言葉に凄くほっとした。

「はい、必ず。よければお母様達もバーリン領や王都に顔を出して下さい」

これからは私自身で故郷を作ろう。そう。どちらを捨てるわけではなく、どちらも大切にしていこう。

「確かバーリン領は温泉というのがあるのよね。後バレエ団も。楽しみだわ。王都に行った時は、ニーカ達にも会いに行かないとね」

「そう言えば、お父様はニキータさんとお母様が会っても嫉妬とかしないのですか？」

うーん。父の嫉妬……いまいちピンとこないが、一応は恋敵だ。もしもミハエルがミハエルと恋仲を噂されたような人に自分から会いにいったら、私はかなり微妙な気分になる。女性がミハエルを好きになってしまうのは世の真理なので仕方がないと思うけれど、ミハエルには私だけを見て欲しい。

「嫉妬は……むしろするなら私かしら」

「は？」

「ヴァーニャは……あの性格だから嫉妬というより、俺よりもニーカと一緒の方が幸せでは？ていう面倒な思い込みをし始めるのよ。結婚して子供までいるのにね！　本当に困った性格だわ。そして、ニーカ。彼は私の神であると同時に、強力なライバルよ」

「……意味が分からないんですけど」

何故神とライバルが同列に並べられるのだろう。本来はイコールにはならないのではないだろうか？　ライバルとみなした時点で神ではないというか……。そもそもなんでライバル？

「ニーカはヴァーニャのことが好きすぎるのよ。恋愛という意味じゃないとは分かっているけど、そりゃもう、世話を焼く焼く。私がやることがなくなるぐらいに」

……んん？

確かに仲はよさそうだけど……結構ずけずけと父に言っていたような。いや、待て。そもそもは父の自己肯定感が低すぎて必要な話をしないのが悪いのだ。そしてずけずけとは言っていたけれど、ニキータさんは同時にかなり父をベタ褒めしていた。

「それからヴァーニャって自分に自信がないタイプだから、あえて馬鹿にしてくる人も多いのよね。でもニーカの前でヴァーニャを悪く言ったら最後、ニーカは徹底的に相手を潰すまで討論するのよ」

「あー……」

それほどニキータさんを知っているわけではないけれど、しないと言いきれない。

「まあ、そういう関係なのよ」

「な、なるほど」

その関係で上手くバランスが取れていたのならば、私が言えることは何もない。そしてニキータさんが私によくしてくれるのは、多分その関係だからだろう。好きだった人と恋敵の子供とか、普通なら色々思うところがあって当然だ。

「えっと、何の話だったかしら？」

「……何でしたっけ」

故郷は故郷として、また新しい居場所を頑張って作っていって、母達を招待しようというところまではいい話だったはずなのに。ニキータさんネタでかなり横道にそれてしまった。でも母達の昔話はもう少し聞いてみたいような、何が飛び出てくるか分からないので怖いような……。

とにかく料理はしなければいけないので、再度玉ねぎを切ろうとしていると、裏口がノックされた。

「どなたかしら？」

「ザミラです。少しよろしいでしょうか？」

ザミラって誰だっけ？　そもそも裏口から声をかけるのがちょっと変わっている。

私が怪訝(けげん)そうな顔をしたからだろう。こっそり母が囁(ささや)いた。

「新しいメイドの子よ」

「どうしたの？」

母が扉を開けると、そこには黒髪の女性が立っていた。

「実はイリーナ様が倒したイノシシの肉を解体したから持っていって欲しいと頼まれまして。兄の荷車で持ってきたのですが」

「あら、そうだったの。ありがとう。どれぐらいあるのかしら？　解体して下さった御宅はちゃんともらっていただけた？　沢山あるならザミラも一部もらってくれる？」

「えっ。そんな」

「手間賃よ。あっ、でもそれなら、今日は涼しい場所に置いておいて、明日全部燻煙（くんえん）してから分けましょうか。一度にやってしまった方が楽だし。イーラ、運ぶのを手伝ってくれる？」

「はい。もちろん」

私は靴を履き替えると、母について外に出る。

外は既に夕焼け空となり、少し薄暗くなっていた。白夜が続く夏が終わると、だんだん日の入りが早くなる。

ぼんやりと、神形が出ようが出まいが、冬は近づいているんだなと思っていると、何処（どこ）からか視線を感じて回りを見渡した。特に我が家は広い庭を誇るような家でもないので、外に出ればすぐに道路に置かれた荷車も見える。一応垣根はあるけれど、すべてを覆（おお）い隠すようなものではない。

だから誰かが私達を見てもおかしくはないのだけれど、一体どこから？

私は妙にその視線が気になって辺りを見渡すが、パッと見た限り私達の方を見ている人はザミラの兄だけだ。でも彼がいる方向ではなかった気がするのだけど……。

「奥様、私が運びます」

首を傾げながらも荷車に近づけば、突然ぬっと黒い影が私の上に降りた。振り返れば、顔に傷痕のある男がすぐ近くに立っていた。今怪我をしたものではないのは分かるが、結構大きな傷跡だ。……獣に付けられた傷だろうか？

「ありがとう、キリル。イーラ、彼はヴァーニャの学生時代からの知り合いで、はるばる王都から庭師をしに来てくれたの。もう顔合わせは終わっていたかしら？」

「いいえ。えっと、初めまして。娘のイリーナです」

私が自己紹介をすると、彼は軽く会釈をした。しかし表情は無表情のままだ。あまり付き合いやすい性格というわけではないようだ。

「父の学生時代の知り合いということは同じ学校に通われていたということですか？」

父が通っていた学校は貴族の子のためのものだ。もしもそこに席を置いていたのならば、下位かもしれないが彼は貴族の出ということになる。それなのに田舎領主の庭師の仕事を選ぶのは変な感じだ。

「……違います。私は……ここに来る前は王都で働いていて、仕事中に出会いました」

「そうなのよ。それでバーリン公爵に執事を斡旋してもらう時に、偶然使用人を募集していることが彼の耳に入ったみたいで、ここまで来てくれたの」

いや、来てくれたのって。

王都とカラエフ領までどれだけの距離があると。そもそも王都の生活を捨ててまでこのド田舎の庭師をする意味が分からない。何らかの理由で仕事をクビになったのだとしても、カラエフ領よりもっと住みやすい場所があると思うのだけど。

確かに辞めた理由によっては、中々次の仕事が見つからないということはあるが、なにもド田舎で庭師をするほど仕事がないこともないだろう。

「彼はとっても力持ちだし、働き者だから本当に助かっているわ。いつもありがとう」

「……いえ」

キリルは母に軽くお辞儀をすると、イノシシの肉をひょいと持ち上げて家の中に入っていった。解体した肉はまだ骨付き状態で、一頭分ありそうな量だった。体格は大柄ではないが、軽々と持ち上げるところを見ると、母が言う通り力持ちなのは間違いない。

でもそれならばなおのこと、ここでなくても仕事は見つけられそうな気がするけれど。

「助かるのは分かるけど、彼は本当にいいの？　そのカラエフ領は王都と比べて不便だし、給料だって沢山は出せないと思うし」

何故こんな場所で庭師を？

カラエフ領が悪いというわけではないが、どうにも納得いかない。顔の傷はギョッとするけれど、女性ではないので仕事につく上での支障は低い。

「いいんじゃない？　本人がカラエフ領にいたいというんだから。キリルは昔大きな災害に巻き込まれたことがあるらしくて、多少わけありなのよ。でもまあ、人間生きていれば一つや二つぐらいわけありよ。悪い人じゃないのは確かだし、元々は雪がよく降る場所で育ったそうだからカラエフ領でも馴染めると思うわ。それにね、ヴァーニャは頼られたら断れないからいいんじゃないかしら?」

母は能天気に笑う。多少心配ではあるけれど母が許し、父が大丈夫と判断したのなら、たぶん大丈夫だろう。父は人脈を広げての政治的駆け引きはまったくできないけれど、相手の嘘などを見破る能力は高い。すべてを記憶してしまうからこそ、相手の些細な動きの違いに違和感を覚えるそうで、これまで詐欺被害にあったことだけはなかった。

こんなド田舎で詐欺被害なんてないだろうと思われがちだが、こんなド田舎だからこそ絶好の鴨になると思う不届きものもいるのだ。ただし見抜けたとしても逆切れされた時に、父と母だけでは防御できないのが難点である。でも今は体格のいい執事も増えたので、よっぽど大丈夫だ。

明日は張り切って燻煙しましょうねと笑う母と一緒に私達も家の中へと向かう。キリルは無口な性格のようだし、王都ではなくあえて田舎に来たのは、その辺りが関係するのだろうか……いや、あまり詮索するのはやめておこう。

母が言う通り言いたくないことの一つや二つ誰だってある。都会から田舎に来るのだからよっぽどだ。それが父や母に害をもたらさないのならばそっとしておいた方がお互いやりやすいだろう。

「姉上!!」

丁度アレクセイも帰ってきたようだ。足を止めると、私の方へと駆け寄ってきた。しかしその足元を見た瞬間ギョッとする。アレクセイの靴はドロドロに汚れていた。

「お帰りなさい。一体、その靴はどうしたの？」

「実はあの後、もう一度私兵団の人と一緒に山を確認しに戻ったんです。そうしたら既に雪が積もっている場所がありまして。おかげで靴がドロドロです。まだ本格的に積もっているという感じではないのですが……」

「雪……。それは早めにお父様にお伝えした方がよさそうね」

氷龍が出現すると、必ず吹雪が起きるので、雪が降ったというのならば、氷龍が出現している可能性がさらに高まるのだ。氷龍の影響は徐々に範囲を広げていく。だから出現したばかりの時は、離れた場所は雪がちらつく程度で災害とは程遠い。

でも数日後には、一気に冬が来て一日中雪が降るようになり、やがて白銀で覆いつくされてしまう。そこまでくると、討伐するための移動も大変になるのだ。

「イーラ達はヴァーニャの方に行きなさい。料理はまた手が空いた時でいいから。オリガも張り切って手伝ってくれるしね」

「いえ。私もミハエルに手料理を振る舞うと言ったので、報告が終わり次第また戻ります」

「分かったわ」

「じゃあアレクセイ、お父様の部屋で会いましょう」

私は走って裏口に戻ると靴を履き替え、そのまま小走りで父の元へ向かった。急いで報告した方がいいことではあるけれど、今走ったところでたいして変わらない。それでも異常気象を前に気が焦（あせ）ってしまうのだ。アレクセイも同じ気持ちのようで、玄関の方から小走りでやってきた。

部屋の前にたどり着いた私達は一度深呼吸し顔を見合わせる。急ぐのと焦るのは違う。少し落ち着いたところでアレクセイが扉を打ち鳴らした。

「父上、ご報告したいことがあるのですが、よろしいでしょうか？」

返事があると同時ぐらいに扉を開ければ、父もミハエルも何事かと大きく目を見開いた。

「お話し中すみません。ですが、緊急事態でして」

「いいよ。俺の方の話はほぼ終わったからね」

立場的には、アレクセイよりミハエルの方が上だ。そのためミハエルから話の席を譲った。

「一体、どうしたんだ？」

「実は先ほど私兵団と再度山を登ったのですが、中腹にさしかかるよりも前に、雪が確認されました」

アレクセイの言葉にミハエルも父も黙った。標高の高い山ならば雪もあり得るが、ここはそこまで高い場所ではない。しかも中腹前な上に、暦も秋だ。

「そうか。ありがとう。それにしても、もう氷龍が生まれたのか……」

父は生まれたかもしれないではなく、はっきりと断言した。そして深くため息をつき、しばし無言で目を閉じる。

「……仕方がない。国の援軍を待つ前に、討伐隊を組もう」

再度目を開けた父は覚悟を決めた顔で、討伐隊の編制を宣言した。

一度部屋を出たイーシャがアレクセイを連れてもう一度戻ってきた。ただならぬ様子の二人に何が起きたのだろうかと思ったが、アレクセイから語られた言葉を聞いて納得した。時期を大きく外して雪が降ったということは、氷龍が出現している可能性が高いということだ。

「援軍を待たなくても大丈夫なのですか？」

カラエフ伯爵が氷龍の討伐隊を組むと言うと、イーシャは心配そうな顔をした。どうやらカラエフ領では、国にお金を支払った上で援軍の受け入れを毎年しているらしい。俺の方まで声がかかったことがないので、援軍は地方への遠征を優先している部隊のみで賄える最低人数なのだろう。

それでも武官の受け入れをするかしないかで、討伐をする際の難易度は変わる。

「明らかに氷龍の出現速度が速すぎるからね。待つと、氷龍が複数体となる可能性が高い。今ならまだ出現したばかりだし、暦を考えても体格も小さく、複数体である可能性は低い……と思う」

カラエフ伯爵は全員の視線が集まっていることに気が付いたためか、最終的におどおどとした態度になった。

　バーリン領では氷龍の出現の可能性が高い時は、偵察隊を送り目視をもって出現を発表するので、確認前に言いきるということはよほど自信があるのだろう。

「でも今は農繁期ですから、私兵団以外の力を借りるのは困難ですよね？」

「それは、その通りだ。ただ……この氷龍を倒せば、最短でも次の個体が生まれるまでに半月はかかる。だから今から手紙で国に討伐の要請を出しておけば、次の個体が生まれた頃に丁度援軍が来るはずで……」

「半月?!」

　カラエフ領はバーリン領よりも私兵団の数が少ない。だからイーシャの心配も分かる。しかし俺はそれよりも半月で再び氷龍が出るという話題の方が気になる。

　俺が大声を出してしまったことで、カラエフ伯爵はビクリと肩を揺らしおどおどと瞳を彷徨わせた。

「は、はい。最短で確認されたことがあるのがという意味で、常に半月で出現しているというわけではなくて。出ない年は年に一度で……その。半月としたのは今のところそれより前に次の個体が見つかったことはないので、最短をそこにしていて……」

「いや。別に間違っていると言いたいわけではなくて……えっと、バーリン領では年に一度出るだけでも珍しい方でしたので」

慌（あわ）てたように必死に理由をあげるカラエフ伯爵に、落ち着いてもらえるよう俺はできるだけ穏やかに話しかけた。

王都もバーリン領も出ても年に一度。出ない年もあるのが普通だ。氷龍が頻繁（ひんぱん）に出現する土地があるということは聞いたこともあるけれど、半月で次の個体が生まれてしまうような地域があることまでは知らなかった。

「ああ。この辺りはそういう土地柄だからね。でも立て続けに出ることは、ここでも珍しいよ。できるだけそれより前に対処はしているから」

「対処ですか？」

「冬は定期的に山で神形（みかたち）狩りをしているからね。えっと少し待ってくれるかな？」

カラエフ伯爵はそう言うと机の横に畳んで置いていた地図を広げた。

「前に話した、氷龍が多く出る場所からこの辺りまでにいる、氷狼（アイスウルフ）、雪女（スノウーマン）は積極的な討伐対象としているんだ。この二種は氷龍が出現する手前の形状だと思われるから。まあ雪男（スノウマン）も災害抑止という意味では積極的討伐対象なのだけど。氷龍を抑制すると言うならばこの二種だね。ただ氷狼は動きが早く行動範囲も広いし、雪女は岩陰に隠れていたりもするからどうしても見逃しはある。それでもここを抑えれば半月に一度のペースで出現することは、カラエフ領ではまずないよ」

あれ？　氷龍の手前の形状が何なのかとか、これ常識だっけ？

俺は相槌（あいづち）を打ちつつも、色々心の中で叫んだ。絶対常識ではなかったはずだと。実際に叫ぶと今度こそ小動物並みに臆病なカラエフ伯爵が倒れそうなのでできないけれど。

イーシャはよく無意識に常識を超えていくけど、常識がおかしくなっているのはカラエフ伯爵の影響もあるのではないだろうか？

「アレクセイ。具体的にどの辺りで雪を確認したか言えるかい？」

「はい」

アレクセイは地図を覗（のぞ）き込むと、指で山の一部を指さした。

「たぶんこの辺りです。その手前辺りで、姉上が倒した氷樹（アイスツリー）以外の氷樹を見かけたので壊しておきました」

「ありがとう。だとすると、出現場所は前に言った場所で間違いないと思う」

「ここだと早朝に出立すれば日帰りで行けそうですけど……吹雪（ふぶき）が酷（ひど）いなら泊まりがけになりそうですね」

イーシャが地図を真剣な顔つきで眺める。

真剣なイーシャもカッコ可愛（かわい）いなぁと思ったけれど、普通のご令嬢は山の地図なんて読めない。当たり前のように読んでいるから、忘れがちだけど、普通じゃない。

時折普通が分からなくなる空間だ。

「お父様、私も討伐に参加してもいいですか？」

しばらく地図を眺めていたイーシャだったが、顔を上げると小さく右手を上げた。

「私兵団しか人員を動かせないなら、経験者である私もいた方がいいと思います」

「それなら、僕も加わりたいです。氷龍の討伐は初めてですが、でも他の神形の討伐なら参加しましたし、僕が次のカラエフ伯爵になるんです。だから行かせて下さい！」

イーシャの隣でアレクセイもまた手を上げた。

どうやら年齢が若いアレクセイはまだ氷龍の討伐に加わったことはないようだ。……よかった。彼はまだ俺の常識の範囲内の人間らしい。

しかしそうだとすると、彼の参加は不安要素が大きい。小さな個体とはいえ、最低人数での討伐となればフォローに入るだけの余裕はないだろう。しかし次期伯爵だからこそ参加したいという気持ちも分かる。

特に彼の場合は、現伯爵の能力値が高く、その上優秀な姉がいるのだ。きっと周りからは嫌でも比べられる。俺も今までに何度も公爵と比べられ、嫌な経験もしてきた。嫡男(ちゃくなん)の通る道だ。

「なら、俺も行くよ。カラエフ領の山は初めてだけど、氷龍の討伐は何度もやっているし、一通りの討伐訓練は、武官でやっているからね。カラエフ伯爵、よろしいでしょうか？」

たぶん伯爵は、俺達を頭数に入れず討伐ができると判断したのだろう。だとすれば俺がフォローに回れば、何とかなるはずだ。

「安全は保障できないけれど、いいのかい？」

カラエフ伯爵は駄目とは言わなかった。

困った顔をしているので、あまり気負わないように俺はイーシャの肩を抱いてニコっと笑った。

「もちろん。イーシャとイーシャの故郷を守るためですから。それに人手は絶対必要ですよね?」

カラエフ伯爵は相変わらず困り顔だ。俺が何故手を上げたのかも分かっているのだろう。

「……なら、三人に討伐をお願いしたい」

しばらく黙っていたが、カラエフ伯爵はため息を吐くように許可を出した。出すとは思ったけれど、意外に長く考えていたなと思ったところで、伯爵は真面目な顔でアレクセイを見た。

アレクセイもそれに気づいたようで、背筋を伸ばす。

「アレクセイは必ず経験者の指示に従うことが条件だ。武勲を上げようなど思っているなら参加をしてはいけない。相手は自然なのだから。これは伯爵としての命令だ」

「……分かりました」

カラエフ伯爵は初めて聞くぐらい強めの口調だった。そのためアレクセイの方が少し怯んでいる。

そういえば伯爵は実の弟を氷龍の討伐で失っていたんだっけ。……俺も同情心から手伝うと言ったが、少し軽率だったかもしれない。俺が参加意思を表明したために、伯爵はアレクセイに駄目とは言えなくなったのだろう。

「それから討伐は、私兵団に庭師を加えて編制しようと思う」

「庭師ですか？」

唐突に加えられた言葉に、俺だけでなくイーシャも不思議に思ったようだ。普通庭師の業務に神形の討伐はない。

「ああ。彼はここと同じぐらい雪深い地域出身で、氷龍の討伐経験もある。彼との雇用契約には、緊急時の討伐の仕事も請け負うと書いてあるから大丈夫だよ。ほら、冬は庭の雪かきしかすることがなくなってしまうし、彼からそう申し出てくれたんだ」

えっ。そんな契約なんてあり？

普通に考えて条件が悪すぎる契約だと言うのに、相手から言ってきたとか、どういう状態なのか。

百歩譲って雪深い地域出身で討伐もお手の物だとしても、それならば余計に庭師ではなく私兵団の仕事に手を挙げると思う。

「えっと、本当に彼は強いから……その。アレクセイは、討伐の間は彼を使用人だとは思わず彼の言うこともちゃんと聞きなさい」

俺が疑わしそうな目で見たからだろう。カラエフ伯爵は目を泳がせた。怪しそうな動きだけど、相手がカラエフ伯爵だと思うと、ただ視線が気まずいだけにも見える。

どちらにしろわけありで、カラエフ伯爵を頼ってきた相手なのだろう。そしてカラエフ伯爵は押しに弱そうだ。家族に危害が加えられそうなら突っぱねるけれど、そうでないなら押し流されそうである。

「……分かりました。出立はいつにしますか？」

「明日の早朝かな。早い方がいいけれど、夜は止めよう。雪山用の準備も必要だから」

明日の朝だとしても、氷龍の討伐を組むにしては十分早い。本来なら一日作戦会議や準備に当てる。神形の形態は分からないが、出現場所などの情報は長年の情報で分かっているからこそできる強行技だろう。

「なら、僕が私兵団に伝えにいってきます」

「アレクセイ。心配性すぎて鬱陶しく感じるかもしれないけれど……。ごめんね。でも聞いて。グリンカ子爵の件はミハエルが解決してくれたけれど、まだ確実に大丈夫とは限らないの。まだカラエフ領から立ち去っていなくて」

アレクセイが私兵団への伝達を請け負えば、イーシャが心配そうにアレクセイに声をかけた。

……確かに、一応話はつけてきたけれど、あの男の執着はイーシャにとどまっていなかった。アレクセイに接触してくる可能性がないとは言えない。

「あの気持ち悪い男ですか。むしろ僕の方に何かしかけてくれたら、物理的制裁を加えますから心配しないで下さい。流石にあの人に遅れは取りませんし、姉上に気持ち悪い視線を寄越しけてきて欲しいです」

た時点であの眼鏡叩き割ってやりたいと思いましたので。むしろ正当防衛できるよう何かしかけてきて欲しいです」

分かる。俺もあの眼鏡をかち割りたい。

正当防衛が過剰攻撃になりそうな発言だけど、つい頷いてしまう。それにしても信者って、自分の信仰する神を汚されると、容赦ないよな。イーシャとの再会時に起こった華麗な回し蹴りが脳裏をよぎる。

「そんなことは気にしなくていいから、自分の身の方を大切にして」

「……そもそも、正当防衛を超えないように」

カラエフ伯爵がぽつりとつぶやいたが……アレクセイの耳には届いていない様子だ。いや、聞こえているけど聞き流してるのか？

伯爵もそれが分かっているのだろう。深くため息をついた。

「それと伝えにいくなら庭師にもアレクセイに同行するように言ってもらえるかい？　彼も討伐に加わるなら、レフと打ち合わせしておいた方がやりやすいだろう」

庭師もという言葉にアレクセイは微妙な顔をした。

アレクセイは自分だけでも大丈夫なところを見せたいと思っているのだろう。でも庭師も討伐に参加するならば一緒に打ち合わせをした方がいいというのも一理ある。

「……分かりました。では早速行ってきます」

アレクセイは微妙な表情をしつつも了承し、部屋を出ていった。明日朝一の出立となれば、私兵団が帰宅する前に伝えなければ手間だ。時間は待ってはくれない。

「カラエフ伯爵、一つ気になるのですが、氷龍は人工的に出現させることが可能だと思いますか？」

アレクセイがいなくなったところで、俺は疑問に思っていた話を切り出してみた。カラエフ伯爵は俺が思っている以上に神形に詳しい。

「どうしてそう思うんだい？」

カラエフ伯爵はできないという否定ではなく、何故人工的に出現させられると思ったか理由をたずねてきた。……そう返してくるのか。

正直なところ俺は人工的に出現させるのは無理だと思っている。そもそも神形の卵が見つかっていないのだ。時折、国内で起こった災害に対して陰謀説なんて奇天烈な噂が流れることもあるけれど、ほぼ間違いなくデマだ。この国にそんな技術などない。ただし他国の研究がこの国よりはるか先を進んでいる可能性がないとは言えなかった。

「氷の神形の研究をしたがっているグリンカ子爵が現れたのと、異常気象が起こった時期が重なったので……荒唐無稽なことを言っている自覚はあります」

真面目な顔で聞いてもらえているが、正直少し恥ずかしい。

俺が変に照れていると、カラエフ伯爵はまるで眠っているかのように目を閉じて黙り込んでしまった。えっ、どうしようと思いイーシャを見たが、イーシャは当たり前の光景を見ているような顔だった。

なるほど。これは伯爵がよくするしぐさなのか。普通ならば覚えきれない量の情報を漁るのだから、そこに集中すると他の機能が停止するのかもしれない。

とりあえずイーシャが気にしていないので、俺もそのまましばらくは待ってみることにする。

時間にして一分程度だろうか。長めの瞬きを終えたようにカラエフ伯爵が目を開けた。

「そうだね。雪崩を起こすと言われる雪男ならできる可能性はあるけれど、今起こっているような気象に関係するものは、現時点では無理だと思うよ。もしかしたら子爵も異常気象を予測してここまで来たのかもしれないけれど……」

「えっ。人工的に神形って作れるものなのですか?!」

自分から聞いておいてアレだけど、まさか肯定で返事が返ってくるとは思わなくて、驚きが隠せなかった。それはイーシャも同じようで凄く驚いた顔でたずねている。

「あー、その。作るだと、語弊があるかもしれないな……。えーっと。神形を引き起こすと言った方が正確かな……うん。今だと、土の神形、水の神形、火の神形は、偶発的だけれど、人間が引き起こした災害もあるからね」

「待って下さい。偶発的とは? えっと、そもそもカラエフ伯爵は神形の卵を見たことがあるのですか?!」

駄目だ。

これは、そもそもの知識が違う。

カラエフ伯爵が嘘を言っているとは思わないけれど、ちゃんと聞かないとそれが本当かどうかを判別できない。

「それは見たことがないし、たぶん存在しないんじゃないかな？　ないものの証明は難しいから、絶対とは言い切れないけれど……。えっと。もしもこの【卵】を神形の始まりと定義するなら、逆に誰もが目にしていると思うけど」

「誰もが目にするとは？」

あれ？　これ、もしかして今までにない仮説じゃないか？

俺はゴクリと息をのみつつ聞く。

「神形は空気の中に存在する物質が元だと思うから……その、あくまで仮定だけどね」

カラエフ伯爵はたぶん明日は晴れじゃないかなぁと世間話をするかのように話した。でも内容は天気ではなく、神形を研究している者ならば誰もが知りたがっていることだ。

ここで興味の赴くままに質問をまくしたてたら、気の弱い伯爵のことだ。勢いに飲まれて倒れるだろう。そう、ここは冷静に……冷静？　冷静ってなんだっけ？

俺は、今、冷静か？

「えっと、空気中に含まれる物質ということは目に見えないということですか？」

ぐるぐると何から聞けばいいのかと悩んでいると、イーシャが先に質問をした。

「そうだね。もしも目に見えるなら、誰かが気が付いているはずだし。小さいから見えないのか、色がないから見えないのかは分からないけど……」

そう説明をしながらカラエフ伯爵は眉を八の字にした。そして手をわさわさと動かす。

「それで、その物質が氷と引っ付き、さらに災害が起こる時の力が加えられると氷の神形という目に見える形となって、動き出すのかなと」

「力とはどういうものを指すのですか？」

「えーっと、そうだね……例えば雪崩という災害は雪が崩れ落ち流れていく力があるだろう？　この力を使って雪男が出現するのだけど、形が違うから想像しにくいかな。どう言うのが分かりやすいかな。うーん」

カラエフ伯爵は眉を八の字にして、困った顔で言いあぐねる。

もしかしたら想像したものを伝える単語を持っていないのかもしれない。今まで誰も考えてもいなかった理論なのだから、そういうこともあるだろう。

「今度バーリン領と王都の間を走る蒸気機関車の考え方が、今は一番分かりやすいかな？　その。蒸気機関車は石炭を燃やし蒸気の力で機関車を動かす。つまり力は石炭で、この石炭が詰まっているのが雪男なんだ。雪男を出現させるために、雪崩は一時的に止まる。でも石炭である雪男は残っているから存在する限り雪崩は最終的に引き起こされるんだ。でも石炭がなくなれば蒸気機関車が動かないのと同じで、雪崩も起こらない。つまり討伐はこの石炭の部分を人為的に消し去り、災害を止める唯一の手段だと考えている」

どうやらわさわさという動きは、身振り手振りを加えて説明をしようと試みたものだったようだが、残念なことに俺にはその表現は上手く伝わらなかった。

それでも何となく、カラエフ伯爵が言いたいことは理解した。

「つまり神形は災害の力を溜めておく箱のような役割……ということであっていますか？」

「うん。そう。だから神形を倒すと災害が止まるのだと思う。でも神形を倒さない限り、災害も終わらない。そして気候に影響する氷龍は、討伐しないと春が遅くなる。でもたとえ春が遅くなっても、カラエフ領では一年中氷龍が出現し続けることはないよ。石炭と同じで使いきれば動かなくなるから、夏までは持たない」

「だとすると討伐をしなくても、いずれ氷龍はいなくなるということですか？」

俺の考え方であっているか分からず確認すると、カラエフ伯爵はコクリと頷いた。

「でも確実にいなくなるのは夏だから、農業ができなくて、人が生きていけない土地になるだろうね。……実際にそこまで討伐を待ったことがないから、あくまで予測だけれど」

氷龍の力でも、夏を冬にするだけの力はないということなのだろう。確かに言われてみれば、他の神形は春が訪れれば討伐しなくても自然に消えていく。それは氷龍でも例外ではないということだろう。とはいえ実際にそんな状況になれば、多くの餓死者と難民が出る大問題だ。

「えっと。話がそれてしまったね。だから、例えば山火事は人間が引き起こせるから、火の神形は人間が出現させられるけれど、その力を操れるかと言われたら否だ。災害はあくまで神の領分で、人間が制御できるものではないよ。私達が神から許可されているのは、討伐することだけだ。……えっと、私の話で、質問には答えられているだろうか？」

困り顔でカラエフ伯爵は俺を見て来た。正直まだまだ気になる部分はあるけれど、これはおいおい質問を重ねた方がいいだろう。

「はい。大丈夫です。失礼ですが、義父上(ちちうえ)は何時頃(いつごろ)からその仮説を立てられていたのですか？」

「学校に通う前はぼんやりとだから、理論的に仮説を組み立ててみたのは、学生時代かな？文献も読み放題で、のんびり考えごとをしていても誰にも咎(とが)められなかったから。でもこれはあくまで仮説であって、検証実験は行っていないものだからね」

検証実験ができないのは当たり前だけれど……当たり前だけど……俺は何でもない言葉に打ちひしがれる。

「ミハエル、大丈夫ですか？」

俺があまりに大きなショックを受けたためにイーシャが気にしてくれた。心配してくれる姿も可愛いけれど、今は愛(め)でるだけの元気が出ない。

「うん……まあ。とりあえず、見る目のなかった当時の文官や武官を恨みたい気分なだけだから。義父上がもしも武官になってくれていれば、今よりもずっと研究が進んでいたはずだからね」

今まで俺が研究してきたのは何だったのか。いや、おかしな方向に進んでいたわけではないけれど、もしも彼が神形研究に関わっていてくれたら、今よりずっと分かったことも多いだろう。

とはいえ彼の気弱な性格だと武官でやっていけるか微妙だ。武官ははっきり言って脳筋ばかりで細かい気配りなど皆無。それどころか優劣を筋肉に置きすぎているので、戦えないと理解ある上官がいない限り周りからの風当たりも強そうだ。となれば結局辞めて同じ人生を歩みそうな気が……。なるべくしてなった現在な気はするけれど、でも書類業務の負担が俺に重くのしかかっている今、何故と言いたくなる。

「武官なんて、とんでもない。私には荷が重すぎる」

カラエフ伯爵は首を横に振り全否定した。まあ、うん。俺も今さら誘おうとは思わないけれど。

でも何故今まで誰もカラエフ伯爵の能力に気づかなかったのか。……いや。そういえば、副隊長は知っていたんだよな。後は俺の父もカラエフ伯爵を認識していた。となると目立たなくなったのは卒業後から？

まさかわざと能力を隠していたのかと思ったけれど、隠す理由など思い当たらない。やはり偶然と気弱な性格が相まって存在感が薄い伯爵になっているのだろう。

「だからこれでいいんだよ。神形による災害を減らす協力はしてもいいけれど……うん。神形は神の領域なのだから、研究はしなくていいと思う」

カラエフ伯爵はいつも通りの困り顔で、研究について否定的な意見を述べたのだった。

ミハエルと一緒に氷龍の討伐をできる日が来るなんて。

「ミハエル様の役に立ちたいと思って、はや十年。これまで何度も一緒に討伐する妄想だってしてきましたとも!!」

私は妄想が現実となった状況に、自分の部屋で握りこぶしを作って悶えていた。これまでだって、水の神形の討伐を一緒にやったではないかと言われればその通りなのだけど、あれは緊急事態だったのでまた別だ。もしも男に生まれていたら、武官になってミハエルの部下になりたかったとずっと思っていたのだ。その夢が叶うとか、本当にこれは現実だろうか。

その前に恐れ多すぎて妄想すらしていなかった、ミハエルのお嫁さんになってしまっていることはあえて考えないようにする。それはそれだ。

ミハエル達と夕飯を食べた私は、明日の討伐に持って行く荷物の準備をすると言って先に食堂を出た。ミハエルは父と神形談議で盛り上がっていたし……いや、父は相変わらず挙動不審だったけれど、それでもまだまだ話はつきそうになかったので、ミハエルの分も準備すると請け負ったのだ。

武器に関しては自分で用意した方がいいので触らないが、雪山登山の荷物の準備なら慣れている。食料や火打石、毛布などをリュックに詰める作業と登山用の服の用意をアレクセイと一緒に行い、既に終わらせた私は、現在自室にて一人だ。そのため誰の目も気にせず、私は宗教活動を開始した。

「ミハエル様。このような機会をいただき感謝いたします」

私は自室に飾られているミハエル様の絵に祈りを捧げる。心が落ち着く時間だ。しかし祈りを捧げたところで、ふと物足りなさを感じた。

そう。絵画に祈りは捧げられているけれど、ここには祭壇がないのだ。

「……今しかないわよね。祭壇を作るのなら」

祭壇。

それは神への供物を捧げる台のこと。とはいえミハエル様は生き神でもあるので、私はミハエル様を想って作ったものや手紙などを絵画の前に飾ったものを祭壇と呼んでいた。

しかしその儀式ができたのは、ミハエルと婚約する前の話。流石にミハエルの屋敷でミハエル教の祭壇を作るのは我慢していた。堂々と作ったらミハエル様にまで嫉妬するミハエルにミハエル教の禁止を言い渡されかねない。

しかし今なら誰もいないし、道具も揃っている。やるのか、やらないのか。そんなの、決まっている。

私はベッドの下から大きい木箱を引っ張り出した。そして蓋を開けると、素早く必要なものを取り出し、蓋をしてそのまま壁にくっつけるように移動させる。その上にシーツをかけさらに手作りのミハエル様グッズを丁寧(ていねい)に並べた。とはいえ、たいしたものはない。雪の形の刺繍(ししゅう)や銀色の髪の人形、それと長年書き溜めた手紙だ。

ミハエル様の誕生日の都度、一人生誕祭を行い、伝えられない想いを手紙にしてお供えしてきたのだ。そこにミハエルからいただいた、ロケットペンダントを中央に置くと、ぐっとでき栄えがよくなった。

「凄い。本物のミハエル様グッズをここに並べられる日が来るなんて……」

私は感動のあまり涙がこぼれ、おかしな笑いが出てきそうなのを口に手を当ててこらえる。食堂にはご本人がいるのだ。見つからないためにも奇声を上げるわけにはいかない。

必死に興奮を抑えると、私は祭壇の前に膝(ひざ)をついた。そして両手を組み合わせる。

ああ、なんて私は幸せなのだろう。

「今日も素晴らしい日が送れましたことを感謝いたします。これも沢山の御恵みがあってこそ──」

「イーシャ、入るよ」

「──えっ」

神への感謝を述べている最中だった。

ガチャリとドアノブが回る。私は膝をつき祈りを捧げている体勢のままドアから入ってきた人物を見上げた。

ドキッとはしたけれど、悲鳴も出ない。

ドアの前の人物──ミハエルと私はしばし無言のまま見つめ合うことになった。部屋の中に沈黙が落ちる。

「……イーシャ、何やっているの？」

「お、お祈りを少々……」

凍り付いた世界で先に動き出したのはミハエルだった。私は祈りを捧げたポーズのまま冷汗を流す。頭の中でもう一人の私が、『はい、アウトー！』といい笑顔で駄目だしをしている。

そうですね。駄目ですよね。アウトですよね。

ミハエルは私の宗教活動を快く思っていないし、そもそも私も本人の目の前でやることではないぐらいの常識はある。あるからこそ、久々にこっそり隠れてやっていたのだ。

「ち、父との話はもう終わったのですか？」

「そうだね。まだまだ話を聞きたいことはあったけれど、明日も早いし、早めに終わらせたんだ」

そうですね。明日は早朝から氷龍の討伐ですもんね。だから私も準備をするために先に部屋を出たわけで……。

「まあ、うん。宗教に関しては、俺を優先してくれるならいいよ」

「すみません。すぐ片付けますね」

私が固まったままだったせいだろう。ミハエルは苦笑しながら許してくれた。ミハエルがとても心の広い人でよかった。

とはいえ、いつまでも祭壇を置いておくわけにはいかないので、お祈りポーズを止め、私は慌てて祭壇を片付けるために動く。

「これは手紙？　えっと、ミハエル様へって、俺宛？」

油断したなと反省をしながら一番大切なロケットペンダントを首にかけている最中だった。

私の横をすっと通った手が、祭壇の上の手紙を掴んだのは。

手紙だと言い当てられた瞬間、私の体は反射的にそれを奪い返し、体の後ろに隠した。

「イーシャ、今の何？」

「え、ええっと。何かありました？」

ミハエルからの視線が痛いが、私は全力で誤魔化す。

「うん。俺宛のイーシャが書いたと思われる手紙だったよ。見せてくれる?」

しかし一度気が付かれたものを誤魔化すことなんて不可能だった。素晴らしく美しい笑顔でミハエルが強要する。

だが、これだけは、いくら相手がミハエルだろうと渡せない。私は首を必死に横に振った。

「あのですね。えっと……その。引かないで聞いてくれますか?」

「うん。俺はイーシャのどんなことでも受け入れるよ」

右手を差し出すミハエルに私はおずおずと、後ろに隠したものが何なのかを告白することにした。ミハエルは確かにこれまで、数々の私のとんでもない行動を受け入れ続けてくれた。それはとてもありがたい。それでもこの手紙は受け入れなくていいものだ。

「うう。そんな爽やかな笑みで言われると、もの凄く心苦しいのですが……実は、信仰を始めてからずっと、その……ミハエル様宛に手紙を何度かお供えしていまして……」

告白するが、それでも恥ずかしくてたまらない。

ミハエル教には懺悔室も宗教仲間もいない。

そのため若気の至りとまでは言わないけれど、伝わらないのをいいことに、手紙に正直な気持ちや妄想などを赤裸々に書いていた。はっきり言ってこの手紙は、黒歴史と言っても過言でないものが詰まっている、パンドラの手紙だ。

「やっぱり俺への手紙なんだ。見せて、見せて」

「だ、駄目です。あの。これはミハエル宛ではなくて、ミハエル様宛なので！」

無邪気に手を出されるが、私は絶対取られてはいけないと手紙を持つ手に力を入れた。そう。これはミハエル様宛で、私が墓場まで持っていくべきものだ。だから読まれるわけにはいかない。

「もしかしたら沢山あるの？」

「えーっと……」

ある。

でもそれを言った瞬間、今度は祭壇の下の箱がこじ開けられそうだ。

私は全力でミハエルから目をそらした。ミハエルは私がミハエルの顔に弱いことを知っているからこそ、きっと私が判断を見誤るぐらいな決め顔をしてくるはず。その手に乗るわけにはいかない。

「俺は十年前からずっとイーシャを探していて、本当はイーシャの幼馴染になりたかったんだよ」

「ミハエル様と幼馴染……いや。ないです。あり得ません。小さい頃の私が幸せすぎて死んでしまいます」

なんだそのあり得ない、夢物語は。

貧乏伯爵の娘が次期公爵と幼馴染とか、ないない。もしも本当にそんなことになったら、幼い私は毎日ミハエル様を拝める尊さに鼻血を吹いて、出血多量で死んだに違いない。

「死ぬって……。まあ確かにイーシャが言う通り俺達は幼馴染になれなかった。でもこの手紙を見たら追体験ができると――」

「できません」

「いやいや。諦めてはいけない。俺はどんなイーシャでも受け止めるよ？」

「この手紙は受け止めず、見なかったことにして下さい!!」

本当にお願いします。

私は必死に頭を下げた。これだけは譲れない。

「ミハエルもほら、日記。そう、日記とかつけていませんか？　これはそんな感じのものなんです」

「……イーシャは俺の日記があったら見たくない？」

「見たいです！　……はっ?!　いや、えっと」

「残念。ないんだけどね」

なんだないのか。少しがっかりしたのは内緒だ。

だってミハエルの日記だもの。でも人の日記を読んではいけないことぐらいは分かる。

「なくてよかったです。日記なんて誰にも見られたくないものなのに、煩悩が理性に勝って探してしまう可能性が……いえ。どれだけ読みたくてもミハエルが嫌がることをするのは大罪。絶対頑張って耐えますけど。血の涙を流しても、我慢しますけどっ!!」

「大袈裟（おおげさ）だなぁ」

ミハエルは笑っているが、人間は誰しも魔が差す瞬間があるのだ。私にとって、ミハエルがどんな存在なのか全然分かっていない。

「あっ。そうだ。今日はグリンカ子爵のこと、本当にありがとうございました。それから明日の討伐も」

少々話題転換が唐突すぎたかと思うが、これ以上手紙の話をしても私は絶対見せないので平行線だ。それが分かったのだろう。ミハエルは苦笑いするが、話題の転換に乗ってくれた。

「イーシャの家族は俺の家族であり、イーシャの故郷は俺の故郷さ。これ以上のお礼はいらないよ」

「ううう。ミハエルがカッコイイ。……これ以上好きにさせてどうするんですか？」

後光が見える。

流石はミハエルだ。さっきまでの冷や冷やしたドキドキとは、別のドキドキが私を襲う。

「イーシャがもっと好きになってくれるのは大歓迎さ。俺もイーシャが大好きだからね。幼馴染になれなかったことを後悔するぐらいに」

「まだ言いますか。私はミハエル様を追いかけていた時期も楽しかったので、後悔はないですけど……。そういえば、幼馴染になりたいということはもしかして、ミーシャって呼ばれたり、敬語をなくして話したりして欲しいということだったりします？」

さっきは幼馴染なんてあり得ないとは思ったけれど、もしかしてもっと気安い仲になりたいという意味だったのだろうか。昼間にレフに指摘された言葉が頭をよぎる。

「もちろん、呼ばれたいし、敬語もなくして欲しいよ。ただ幼馴染になりたいと言ったのは、もっと沢山イーシャを知りたいと思ったからだよ」

もう十分私のことを知っていると思うのだけど。まあ、それは私がミハエルのことをもっと知りたいと思う気持ちと同じなのだろう。

とはいえ今からすぐに実行できるのは呼び方とか喋り方の変更だろうか。

「えっと、ミ、ミーシャ？　……慣れないと、照れます……照れるね」

「ミーシェニカって呼んでくれる時もあるじゃないか」

「そ、それは、言うのに気合がいるんです……じゃなくて、えっと」

試しに略称で呼び、敬語をなくしてみたが、難しい……。使用人歴が長く、敬語が慣れているからだろう。特にミハエルは、ミハエル様であり、私より年上で次期公爵様だと思うと、中々意識変えが難しい。

「いいよ。話し方はどちらでも。むしろ敬語でも、気を負わずに沢山俺と話してくれた方が嬉しいいし」

「ホウレンソウ、大切ですもんね」

「そうそう。俺達はよくすれ違っているからね」

それには苦笑するしかない。この一年、何度言葉足らずですれ違ってきたか。

「ただ、呼び名は変えて欲しいかな？　妹達も略称で呼ばれているしさ。ミーシェニカは特別な時だけでいいから」

「ど、努力します……ミ、ミ、ミ、ミーシャ」

ただ名前を呼ぶだけなのに、恥ずかしくて噛み噛みだ。

「ええっと。と、とりあえず。片付けします!!」

私は気恥ずかしさを紛らわせるために、祭壇をてきぱきと片付ける。手紙もしっかりとしまい、ベッドの下に木箱を入れた。慌てて片付ける私を、ミハエルはクスクスと笑って見ている。

なんだか、私ばかりが意識してしまっていて不公平だ。

口を尖らせた私に対して、ミハエルはごめんごめんと言いつつ笑った。

「いつでも一生懸命だから、つい可愛くて。そういえば、この部屋に俺の姿絵はあるのに、イーシャの姿絵はないんだね」

「えっ。私の姿絵はいらなくないですか？」

「いやいやいや。いるよ。別に部屋に飾れとは言わないけど、屋敷の何処にもないしさ」

「まあ、うちは貧乏なので、父の肖像画すら飾ってない状態ですから」

世の貴族と同じように、我が家にも代々当主の姿絵が飾ってある。しかしそれは先代の父の弟までで、それ以降のものはない。姿絵一枚描いてもらうのにもお金がかかるので、借金まみれだった父は後回しにしたのだ。

「ああ。やっぱり食堂に飾られていたのは、義父上の弟さんなんだ。かなり若い時の絵だよね」

「えっと。爵位をもらった時のものらしいです。丁度誕生日がきて十八歳だったそうです」

姿絵の胸には爵位が分かる勲章がついている。王都で爵位授与をされたついでに描いてもらったと以前聞いた気がする。

「確か祖父が病気に罹り、先が短いと分かった時点での交代だったそうです」

「十八で伯爵になったなんて、若いね」

「そうですね。でもその年の冬に討伐で亡くなっているので……。そこからは誰も絵を描いてもらっていないです。元々あまり絵を残す習慣がない土地柄だったのもあるみたいですけど」

貧乏だからというのもあるけれど、そもそも画家も来ないような土地なのだ。王都にでも行かない限り描いてもらうこともない。

「そうか。イーシャが三歳の頃だから……。そんなに若くに亡くなっていたんだね。やっぱりアレクセイが討伐することに口を出したのは軽率だったかな。カラエフ伯爵には悪いことをしたな」

「いえ。気にしないで下さい。ミハエルが討伐に加わって下さって心強いですし、弟も私だけが討伐に参加するのは納得できなかったかと。父もそれは分かっていると思います」

弟は若いけれど責任感のある子だ。色々多感な時期なので悩みもあるみたいだし、下手に止めて勝手について来たらそれこそ危険である。

確かに氷龍は危険だし、死人が出ないとは言えないけれど、対処さえ間違えなければ大丈夫だ。アレクセイの運動神経は父のように死滅もしていない。

私がベッド脇に座ると、ミハエルもその隣に座り、ベッドが少し揺れる。一緒のベッドで眠るのは初めてではないけれど、いつもこの瞬間はドキドキしてしまう。

いつまでも慣れないのも恥ずかしいし、勝手に意識してしまっている自分も恥ずかしい。冷静になれ自分と、顔を叩きたくなるけれど、その行動をすること自体が冷静ではないとミハエルに教えるようなものなのでできない。

背筋を伸ばし座っていると、ミハエルが私の髪をすいた。全神経が自分の髪に集中している気がする。

「そうだ。俺の分まで討伐の準備をありがとう」

耳の近くで囁かれて、私はばっと耳を押さえた。するといたずらっ子のような顔をしたミハエルと目が合う。……分かっていてやっているんだもんな。

なんてことない言葉に過剰反応するのが恥ずかしくて、私はできるだけ冷静になれるように深呼吸する。

「いえ。それぐらいはさせて欲しいので」

「イーシャは、討伐は怖かったり緊張したりしないの？　氷龍が相手だけど」

ミハエルの言葉を少し考えて、私は首を横に振った。

「今まで経験したことがあることもあって、特には。そう言えば、昔から氷龍の討伐を怖いと思ったことはないですね」

「命の危険があるのに？」

言われてみると、私は叔父が氷龍の討伐で亡くなっていたことを知っている。だからもっと恐れてもよかったはずだ。でも初めて氷龍の討伐に参加できた時も怖いと言うより……。

「……今思うと、祖父の影響なんでしょうね。弟がいるからたとえ私が死んでも大丈夫だし、むしろ領主の娘としての義務が果たせない、役立たずだと思われることの方が怖いと思っていた気がします。だから初めて討伐への参加を許された時は、ほっとしました。これで私はここにいてもいい理由ができたと思ったんだと思います」

祖父のことは今も思い出せない。

それでも父や母に何かを強要されたことはなかったので、やはり原点はそこなのだろうと思う。そして役に立てていることが私の価値だと思い、できなくて後ろ指を指されるのがとても怖かった。

そんな話をすると、ミハエルが悲しそうな顔をした。

「あっ、でも、死んだら迷惑がかかるので、死なないように行動していましたから」

「イーシャがずっと頑張ってきたのは知っているよ。だけど、俺は何よりも自分の命の方を大切にして欲しい。もしもそんなことで後ろ指を指すような不届き者がいたら、その指をへし折るから」

ミハエルはパキッと口で言いながら指を後ろにそらすしぐさをする。そもそも後ろ指は比喩なのだから折ることなどできないのだけれど、ミハエルの冗談を聞けば安心できた。

「ありがとうございます。でも今は迷惑がかかるから死なないようにではなく、死にたくないと思っていますから」

できるなら少しでも長くミハエルの傍にいたい。

「うん。死んじゃ駄目だよ。俺が悲しくて死んでしまうから」

ミハエルが私に軽くもたれかかってきた。あまり力をかけられていないので重くはない。でもこうやって甘えられると嬉しくなる。

「はい。ミハ……ミーシャにはカッコイイおじいちゃんになるまで長生きしてもらわないとですからね！　私もお供します」

ぐっと握りこぶしを作れば、ミハエルが吹きだし笑った。

「流石、イーシャ」

「それにミーシャが一緒なら、無条件でなんだってできると思えるんです。ミーシャがいるなら、どんな戦場でも怖くないというか。でも、えっと、助けてもらいたいわけではないんです。自分の身は自分で守るのが討伐の基本ですから」

守ってもらう自分というのは、あまりイメージにない。どちらかと言えば守りたい。でも一番嬉しいのは、背中を預けてもらえること。一緒に頑張りたい。

「うん。俺もイーシャを信じているからね」

その言葉が、何よりも嬉しくて胸を温かくする。

「ミーシャがそう言ってくれるだけで、百人力です」

幸せだなぁと幸せを噛みしめていると、ミハエルが少しだけ私から離れた。どうしたのだろうとミハエルの方を見れば、ミハエルが目をそらす。

「……明日も早いし、そろそろ寝ようか」

「はい」

よく見れば少しミハエルの顔が赤い。夕食の時に母が出したお酒で酔われたのかもしれない。カラエフ領は寒い地域なため、結構強いものが好まれる。

だとしたら早く寝てしまうべきだろう。

しかしだ。……どうしようかな。

寝ようの合図が出たけれど、いつもの日課がなくて、ランタンの火を消していいものか迷う。

「あ、あの。ミーシャ？」

「どうかした？」

「その……、今日はキスしないんですか？」

自分から言って恥ずかしくなった。

いつもは特に何か言うわけでもなく、ミハエルからされるのでそれを受け入れるだけだけど。

ミハエルを見上げれば、ミハエルの顔が真っ赤だった。なんだか可愛くてくすりと笑う。意識して恥ずかしがっているのは私だけではないらしい。

それが少し嬉しくて、私はミハエルの口に自分の口を軽く押しあてた。

ほんの数秒のことなのに、ものすごい勢いで心臓が鼓動を打つ。ドキドキしている自分の顔を見られたくなくて、すぐさまランタンの火を消し、ベッドにもぐりこんだ。

「……耐えないといけないのに」

「はい？　どうかしました？」

「な、なんでもないよ」

私の隣にミハエルも横になったのが振動で分かる。

こっそりと横を見れば、目を開けて天井を見ているミハエルが見えた。討伐前だから目がさえてしまっているのかもしれない。よくある現象だ。

「そう言えばミーシャは、討伐は怖くないのですか？」

「……怖いから、イーシャを抱きしめてもいい？」

何となくで聞いただけだけど、これは明らかな嘘だ。

ミハエルが討伐を怖がるなんて聞いたことがない。たぶんただ私に甘えているだけだろう。

分かっているから、笑ってしまった。

「いいですよ」

たまに子供っぽいミハエル。

それはミハエル様とも違って、とても親しみやすい。

ミハエルに抱きしめられると、体がポカポカして睡魔が襲ってきた。なんだかんだ私も疲れていたらしい。

「お休みなさい、ミーシャ」

「あ、うん。お休み」

いい夢が見られそう。

私は幸せに包まれながら、眠りについたのだった。

朝日が昇るよりも少し早めに、私とミハエル、アレクセイ、さらに庭師のキリルは家を出た。服装は少し汗ばむぐらいの厚着にして、冬用のぼうしとコートも着ている。靴も雪山用だ。まさに冬そのもので秋らしくない。しかし最初に少し登った時の冷え込みと雪が積もっているという状況から見ても、今は暑くても冬服を着ていくべきだろう。状況によってはまつ毛も凍るような世界に行く可能性もある。

「ふぁっ」

「あまり眠れませんでしたか？」

「大丈夫だよ。ちゃんと体は休めたから」

あくびをするミハエルに聞けば、苦笑いして首を振られた。あの後すぐに眠ってしまったので申し訳ない。とはいえ、私まで一緒に起きていても余計に睡眠の邪魔をしてしまっただろう。

「おはようございます。今日はよろしくお願いします」

「おはよう、レフ。こちらこそよろしく」

駐屯所（ちゅうとんじょ）の庭には既に今日の討伐に行く人達が集まっていた。最低限の人数なので、私兵団は六人だ。そこに私達が加わり、合計十人。私が今まで参加した時は少なくても十五人はいた。その代わり今日のメンバーはレフを始めとして、討伐に慣れた人で身体能力が高い人が選ばれている。

「イリーナ様は今日もハンマーを持って行くのですか？　荷物も昨日より多いのに大丈夫ですか？」

　私が持っている武器は、ハンマーと猟銃だ。いつもなら剣なので、それに気づいたレフが少しギョッとした顔をしてたずねてきた。ただの山ではなく、雪山を登るのだからなおさらだろう。

「持ってみると、本当に思ったよりも軽いのよ。王都でもハンマーを持って走ったけど、普通に長距離を走れたから大丈夫かなって。それに昨日だって問題なかったでしょ？」

「いや、次期公爵夫人がどうして王都でハンマー持って長距離を走っているんですか……。昨日の走りといい、どういう生活をしているんです？」

「花嫁修業に決まっているでしょ。王都ではレディーの嗜みなの」

「そうなんですかって、言うわけがないでしょうが。いくら田舎者でも、分かるわ！　一体何を目指しているんですか」

　えへっと笑って王都の淑女教育の一環だと誤魔化してみたけれど、レフは誤魔化されてくれなかった。といっても、私だって王都で変なことをしているわけではない。あくまで私がやっていたのは花嫁修業だ。

「イーシャが普通にハンマーを持っていたからあえて聞かなかったけど、雪山の討伐で使うには珍しいよね」

ミハエルの言葉に私は頷く。

確かに珍しいだろう。私も私以外で使っている人を見たことがない。

「はい。今回は人数が限られているので、私は氷龍の動きを止める側に回ろうと思いまして。脚を砕くならハンマーの方がやりやすいかなと」

氷龍は最終的に首を落とすか、頭を壊す必要がある。なので基本のやり方は鱗（うろこ）の間に銃弾を撃ち込みヒビを入れ、そこから剣で削り切っていく方法だ。ハンマーより剣の方が軽く持ち運びしやすいというのも剣が多用される理由の一つである。

ただ今回は人数も少なく交代で休憩（きゅうけい）もまともに取れない可能性が高いので、できるだけ短時間で戦闘を終わらせる必要がある。そこで氷龍の動きを止めてはどうかと考えたのだ。羽が生えた氷龍の場合、銃弾でまず薄い羽を割り、飛べなくするのが鉄板だ。

それと同様に脚を壊せればその場から動けなくなるので、より簡単に討伐できる。脚を狙う上で問題があるとしたら、その強度だろう。太い後ろ脚の氷は、ちょっとやそっとでは壊れない。薄い氷でできた羽とは違い、銃弾も貫通しないのだ。

その点ハンマーならまだ破壊できる可能性がある。

「それにしても……」

私はレフを見た後、並ぶようにして立つミハエルを見て感嘆のため息をついた。

「おい、何ですか。今のため息は」

「この防寒対策はばっちりだけど、飾りっ気のない地味な茶色のコートが、ミハエルが着ただけで、まさか最新の洗礼された流行服になるなんて。何？　何が違うの？　足の長さ？　それとも顔？　オーラ？」

「裏を返して、相当俺に酷いことを言っているのに気がつけ……下さい」

レフの呆れた言葉に申し訳ないと思いつつも、いつもとは違うミハエルの姿を観察するのに私は忙しい。

ミハエルが今着ている服は、私兵団の予備服だ。秋なので流石に冬の登山衣装は持っていなかった。そこでミハエルも参加することを聞いたレフが昨日、庭師に持たせてくれたのだ。

茶色のコートは中が毛皮になっており襟の部分にボタンがついている。襟を立ててボタンを留めればネックウォーマーになり、口まで覆うことのできる仕立てだ。これで肺が凍り付くこともない。雪山で吹雪いている場所にも行かなければいけないので、防寒だけは王都のものよりしっかりした作りだ。

そんなコートだが、機能重視のあまり、見た目はまったくこだわりがない。田舎の貧乏領地あるあるだ。しかし体形などまったく分からないそんなコートを着てもミハエルは様になる。むしろ野性的で、これはこれでいい。

さらに言えば、私も同じデザインの服を着ている。私が着てもただの田舎者感しか出ないけれど、でもミハエルとのお揃い。

もしかして、いや、もしかしなくても、この服、王都の有名デザイナーが手掛けたドレスよりも価値が上がっているんじゃないだろうか。……よし。家宝にしよう。

「おーい。そろそろ戻ってきて下さい。ミハエル様を褒めたたえるのはそれぐらいにして」

レフに言われてハッと私は現実に意識が戻ってきた。あれ？　もしかして、私、何か口にしていた？

しかしそれを聞く前にレフは手を叩いた。

「おい、そろそろ出立するから隊列を組め」

レフのかけ声で私達は隊列を組み、山へ移動を始めた。隊列の先頭はレフで最後尾はキリルだ。私達はレフの指示に従い、真ん中辺りを歩く。

「重そうだし、荷物の一部を持つよ？」

しばらく山道を歩いていくと、ミハエルに声をかけられた。

「ミーシャ。お言葉はありがたいですけど、大丈夫です。もしも遭難した時に、荷物がないと怖いですから。それに自分で持てる範囲の荷物しか持ってきていませんので問題ないです」

どんな山でも絶対大丈夫なんてことはない。野生の動物もいるし、神形とは関係なく視界の悪さや足元の悪さで滑落することもあるのだ。そんな時に荷物を持っているか持っていないかでは生存率が大きく変わる。

「山では自分の荷物は自分で持つのなんて常識じゃないですか。武官なのにそんなことも分からないのですか？」

　私がミハエルの申し出をやんわりと断ると、アレクセイが意地悪く馬鹿にするような言葉を使った。

「もちろん知っているさ。でもイーシャと俺は一心同体。イーシャが遭難したら俺も一緒に遭難するから、どっちが荷物を持っていても大丈夫」

「一緒に遭難しないで下さい、ミーシャ。アレクセイも、失礼な態度を取らないの」

　ミハエルはまったく気にしていない様子でニコニコしているけれど、本来ならば彼はこの討伐に加わらなくてもいい立場の人なのだ。

　アレクセイは叱られてしょんぼりしているが、ちゃんと謝罪をせずそっぽを向いている。どうして今日はこんなに子供っぽいのだろう。

「あのね、アレクセイ――」

「イリーナ様、それぐらいにしてあげなよ」

「そうそう。アレクセイ坊ちゃんは焼餅を焼いているんだ」

「へ？　焼餅？」

　アレクセイを見れば、焼餅と断言されたことに怒ることなく、顔を真っ赤にさせていた。無言だけれど顔を見れば肯定しているようにしか見えない。

「大好きな姉ちゃんを取られてしまったからなぁ」

「しかもイリーナ様もミハエル様のことをミーシャと略称で呼んで仲睦まじい様子ですからね」

先頭を歩いているレフまで会話に参加して笑った。どうやら私がミハエルのことをミーシャと呼び始めたことに早速気が付いたらしい。……夫婦なのだから恥ずかしがる必要はないのだけど、指摘されるとなんだか気恥ずかしい。

「……アレクセイ？　そうなの？」

「え、えっと」

「ほらほら、アレクセイもそれぐらいにして、そろそろお姉ちゃんの旦那を認めてやりな。昨日も駐屯所で盛大に愚痴っていたけど、本音では一目置いているんだろ？」

「その話は言わない約束だったじゃないですか?!　姉上が認めているんですから、僕からは何も言えません。ただ軟弱な駄目男なんて許されるわけがないと話していただけで」

……私兵団の駐屯所で愚痴っていたのか。

私もアレクセイも私兵団の人達を兄や叔父みたいに思っている。特にアレクセイはまだ若く成人もしていないので彼らにとっては息子のようなものだ。コロコロ転がして色々話させたに違いない。

「イーシャ達は彼らと仲がいいんだね」

「護身術を私兵団の人達に教えてもらったり、訓練を一緒に受けたりしていましたから。それに毎年一緒に討伐をして長い付き合いですし」

私の直接の指導者はレフだったけれど、皆からアドバイスをもらい、十歳から一緒に走り込みなどの基礎練習もしていた。だからそれなりに仲はいい。

「ちょっと妬けるなぁ」

「妬くようなことは一切ありませんよ」

恋愛のれの字もなさそうな関係だ。基本年上ばかりだし、同年代の私兵団員は私のことを姉御扱いかライバル扱いしてくるのだ。女性扱いされたことなど一度もない。それどころか、どの女の子が好みかの話にまで参加させてくる。私が女だということを忘れているに違いない。

ちなみに今日の討伐は経験者が優先なため、若い人は領地を守る方に配置されていた。

そういえば、キリルは何歳ぐらいなのだろう。父より年下な気はするが、何というか年齢が読みにくい。色々聞いてみたいが、最後尾でもくもくと歩いている彼は顔の傷も相まって話しかけにくい雰囲気だ。元々無口なのだろう。今日合流してからは挨拶をする程度で誰とも会話していないので、私に対してだけ話さないというわけでもなさそうだ。

キリルの剣は大剣のようだ。男性としては小柄な方だけれど力業が得意らしい。

そんなことを思いつつ私達は途中休憩も挟みながら、目的地を目指して登る。アレクセイが言っていた通り、中腹に来る頃には雪が踝ぐらいまで積もっていた。山道を進む間氷樹も手が届く範囲で何本か壊して進んでいたが、草花ぐらいの大きさのものはそのままだ。

氷龍さえ討伐してしまえば気温が上がり、氷樹は自然に溶ける。そもそも氷樹の場合は大きくなければそれほど害も出ないので、体力温存のため後回しにした。

さらに進んでいくと、とうとう雪が降り出す。先へ進むほど風も徐々に強くなり、雪が顔にぶつかる。

「氷龍が近いぞ。他の神形も出るかもしれない。気を緩めるな。前後、仲間がいるか気にして歩け」

「「はい」」

レフが後方に声をかけた。

雪が酷くなれば視界が悪くなる。そんな中で列から外れれば遭難だ。運が悪ければ視界の悪さにより滑落して死ぬ。

雪山はだから怖い。

雪用のブーツを履いてきて正解だと思いながら、私は白い息を吐きながら、前の人についていく。雪に足を取られるので体が重い。でも遅れるわけにはいかないので、きつくても足を動かす。雑談もなくなり、雪を踏みしめる音だけがする。

「止まれ。氷龍だ」

レフの声で、私達は足を止めた。

こちらが襲わなければ襲ってこないのが、神形の特徴だ。だから氷龍を目視できるところまで来たら、私達は倒すための準備にかかる。

最初は雪が降っていただけだったが、いつしか吹雪に変わり、さらに風のせいで下に積もった雪も舞い上がっていた。視界は最悪だ。動いているので寒いとは思わないが、風が痛い。

私は荷物を下ろすと、手早く猟銃を準備し構える。戦闘中に猟銃を使うと仲間にあたる危険が大きいので、最初に全員で氷龍を射撃し、その後は剣やハンマーで壊していくことになる。

「全員、撃て！」

レフが言うと同時に私達は発砲した。多くの銃が同時に鳴り響いたことで、まるで爆発したような音となる。

しかしその音にも勝るとも劣らない、咆哮が鼓膜を震わせた。氷龍の鳴き声だ。

普段氷龍は鳴くこともなくただ存在するだけだ。しかし一度戦闘になると彼らは声を上げ、自分がただの氷ではなく神形だと知らしめるように動く。

青い瞳はガラスのようで、生き物とは違い無機質な感じだ。彼らはその目でこちらを認識しているのかすら謎だ。そもそも意識があるのかどうかも。反射的に動いているように見えなくもない。

氷龍は被弾して氷の皮膚に埋もれた弾丸をはじき出そうとするかのように、その体をくねらせる。氷でできていると思えないほどの柔軟性だ。体格は小さめとはいえ見上げるほどで、氷の尻尾が鞭のようにしなったと同時に、木から痛そうな音が鳴った。あれがまともに体に当たれば骨が折れそうだ。

背中には小さな突起のようなものがあるだけで翼は生えていない。これならば空を飛ぶことはないだろう。それでもこの氷龍には氷柱(つらら)のようなとげが尾の一部に生えていて運が悪ければ串刺しにされる危険な形だ。

「全員武器を持て」

レフの号令に合わせ私達は武器を持ち氷龍に突進した。囲い込むようにそれぞれ攻撃を加える。氷龍は地団太(じだんだ)を踏み、その尾や首を振り回してくる。吹雪で視界が悪い中での攻撃だ。気が抜けない。

私は氷龍の太い後ろ脚にハンマーを打ち付けた。

ぶつかった場所の氷が白く濁ったが、ヒビは入らない。ぶつけた振動で私の腕の方がしびれそうだ。相変わらず、とてつもない強度の氷である。私が打ち付けた場所に、アレクセイも剣を打ち付けるが、小さく氷のかけらが飛び散るだけだった。

それでも何度も何度も打ち付けるしかない。

氷龍が煩(わずら)わしそうに、足踏みした。すると少しだけ地面が揺れる。……踏みつけられたら、ただでは済まないだろう。

そして足踏みと同時に鞭のようにしなった尻尾が目の前に飛んできたのでそれを避ける。

「ぐあっ」

運悪く尻尾がかすったらしい人が呻くような声を上げた。

「怪我をしたら、離れろ。止まるな！」

悲鳴に対してレフは怒鳴るように声をかける。

氷龍の討伐中は自分の身を守るので精一杯になるため、他人を気づかう余裕はない。だからレフは神形討伐の基本を叫ぶ。神形は攻撃をわざわざ加えに追いかけてはこない。怪我をしたら離れる。その基本を守るだけで生存率は上がる。

チラリとミハエルの方を見れば、ミハエルは氷龍の首の辺りを狙っていた。欠けた氷がキラキラ輝いて神々しい。まさに闘神のようだ。青い目を鋭くし、氷龍を睨みつける姿は、普段は見られない姿だ。ああ、ここにこの姿を残せる道具があればと思わずにはいられない。

とはいえミハエルの観察ばかりをしていると私の方も危ないので、目の前の作業に集中する。脚を砕くことができれば、もっと討伐はやりやすくなるはずだ。つまりそれはミハエル様のお役に立てるということ。そう思えば、集中力も上がる。

「姉上っ！　大きく欠けました！」

しばらく地味に足を叩く作業をしていればアレクセイが剣を入れた瞬間に大きく足が抉れた。

「任せて」

私は、欠けた部分に力いっぱいハンマーを打ち付ける。一回では壊れない。でも二発三発と同じ部分を叩き続けると、ヒビが入った。きたっ！

「アレクセイ！」

「分かりました」

アレクセイもまたヒビが入った場所に剣を入れる。

そして何度も交互に叩いて切るを繰り返すと、太い右側の後ろ脚にさらに大きなヒビが入りピシピシと音を立てる。そして自身の重さに耐えられなくなった後ろ脚は、バキッという音を立ててとうとう折れた。

折れた瞬間氷龍はバランスを崩し、重い音を立てながらグシャリとその巨体を地面に叩きつけるように倒れる。氷龍の重みで下の雪が舞い上がった。

「姉上！　やりましたね！」

アレクセイが興奮した様子で叫んだが、まだ喜べる状況ではない。集中力が切れた瞬間が討伐では一番危険なのだ。

ぶわっと風を感じて、私はそれが何か理解する前に氷龍から離れるように跳んだ。そして近づいていたものを遅れて確認した瞬間叫んだ。

「アレクセイ、逃げて!!」

前方にあったはずの氷龍の顔が器用に後ろに曲がって私達の方へ向かっていた。大きな口の中には無数の氷柱のような牙が生えている。あれに噛みつかれたらただでは済まない。

反射的に飛んでいなければ、アレクセイを抱きかかえるようにしてあの口から離れられたのに。私の体は既に離れるように跳躍してしまっていて戻れない。

遅れてアレクセイも危険な状況に気が付いたようだ。目を大きく見開いたのが見える。

でも遅い。逃げなければいけないと分かっているはずだけれど、逃げる体勢が取れていない。

どうする。ハンマーを投げてみる？

しかしハンマーの力であの首がどうにかなるものではない。神形には痛覚がないのか、衝撃で止まるということもないし、私の方に意識を引き付けることもできない。

走馬灯のように動きがとてもゆっくりと見えた。

悲鳴のような絶叫が口からこぼれる。

このままじゃ、アレクセイがっ!!

でも私が地面に足をつけてから駆け寄りアレクセイをひっぱるのでは間に合わない。

最悪の瞬間が脳裏をよぎった時だった。アレクセイの体が氷龍の牙が突き刺さる前に横に吹っ飛んだ。氷龍の攻撃ではない。

ミハエルだ。

アレクセイにミハエルがぶつかり横倒しになる形で離れたことにより氷龍の頭は何にも噛みつけぬままがちりと歯を鳴らす。

二人に駆け寄りたいが、いまだに危険な状態だ。私は体勢を立て直し氷龍が振り回す尻尾のとげを攻撃して折る。

「アレクセイ!!　気を緩めるな!!」

大きな怒号が飛ばされたかと思うと、怒鳴った相手は氷龍の頭の上に立ち、地面に口を縫い留めるように大剣を突き刺した。キリルだ。

氷龍は頭も含め全身が氷でできているので滑りやすいというのに、吹雪の中安定して立っている。彼は力が強いだけではなく、身のこなしも軽いらしい。

アレクセイとミハエルは立ち上がると、縫い留められ動かなくなった頸部を剣で切りつけた。既にいくつものヒビを入れられていた首は固定された状態での二人の攻撃により、さらに大きくヒビが入り、バキッという音と共にとうとう砕けた。

頭がドサッと音を立てて地面に落ちた瞬間、さっきまで柔らかく柔軟に動いていた尻尾が、突如その柔軟性を失い地面に落ちる。

「はぁっ……はぁっ……はあ……」

私は肩で息をしながら、氷龍だったものを見つめた。

神形は死んだふりなどしない。静か動の二つだけだ。そして一度壊れ動きを止めたら、それでおしまいだ。

「……やった」

さっきまでの吹雪が嘘のように唐突に止まり、視界が見やすくなる。同様に荒れ狂う風の音も止まったため、アレクセイの小さな喜びの声が耳に届いた。

肩で息をしながらミハエルとアレクセイの方を見れば、アレクセイが尻餅をついている。私は慌てて、彼らのところへ向かった。

もう危険はないはずだ。野生動物は氷龍の近くからは必ず逃げ出すので、明日の朝ぐらいまではその危険も考えなくていい。

「アレクセイ!! 怪我はない?!」

私は急いでしゃがみアレクセイの頭や顔を確認する。すると彼は眉を八の字にして、情けない顔で笑った。

「たぶん、大丈夫です。大きな怪我はありません」

「馬鹿っ。変なところで気を抜かないでよ」

本当に弟を失ってしまうかと思った。

噛みつかれても運よく助かるかもしれないけれど、どうなるかは分からないのだ。手足を失えば、たとえその場は生きていても失血死だってあり得る。ここは山で、完璧な医療を受けられるわけではないのだ。父の弟は、最後まで戦いぬいた上での失血死だったと聞いている。

震える私をミハエルが抱きしめた。その生きている温度に涙がポロリとこぼれ落ちる。初めて、討伐が怖いと思った。

そして誰も死ななくてよかった。

一度あふれ出した涙が止まらない。そんな苦い経験と共に、無事にカラエフ領の氷龍の討伐は終わった。

「こりゃ、日没までに下山は無理だな」

必死に討伐していたのであまり時間の流れを感じていなかったが、気が付けば既に空が赤く染まっていた。思った以上に長く戦闘を続けていたらしい。

夜に山を下りるのは危険だと判断した私達は野営をして翌朝下山することにした。

「おーい。テント張るから手伝ってくれ」

野営が決まると、それぞれ分担して、テント張りや火打石を使っての火おこしを行う。しかし私とミハエル、それにアレクセイは休んでいろと言われた。ミハエルは公爵子息だし、私はそこに嫁いだ身だし、アレクセイは次期伯爵。当然と言えば当然だ。

とはいえ、ジッとしているのも性に合わないので、私はリュックの中からポットとアイスピックを取り出し、氷龍を砕きに行く。

近くで見た氷龍は、気泡もなく透き通っていて本当に綺麗な氷だ。その中でも土がついていない綺麗な部分を選ぶと、私はアイスピックで削り始めた。別にハンマーや剣で砕いてもいいけれど、飲料用なので気分的に使い分けたい。

「イーシャ何をしているの？」

「暇なので氷をもらっておこうかと」

氷を砕いているとミハエルが声をかけてきた。ポットを持っているし見たら分かりそうなのにどうしたのだろう。

「えっと、その氷どうするの？」

しかし続いたミハエルの声はとても戸惑っていた。どうしたのだろう。

振り向けばミハエルが困惑した表情で私の手元を覗き込んでいた。

普通ポットに氷を入れたらやることは一つだと思うのだけれど……どうするって、何が？

「火おこしが終わったらスビテンを作ろうかと思いまして。事前にはちみつとシナモンとショウガとレモン汁を混ぜておいたものを瓶に入れて持ってきたので……。もしかして苦手でした？」

寒いかなと思い、スパイスの効いたものをと思ったが苦手だったら仕方がない。スビテンは各家庭でレシピが違うので、材料によって苦手な人もいる。別に白湯でも体温を温めてくれるから先にとりわけて飲めば問題はない。

「いや。苦手ではないけれど……。えっと、そうじゃなくて、神形を飲むの？」

「はい。飲みますが……」

変なことをしたつもりはないけれど、何だかミハエルの驚きの種類が違う気がする。スビテンがとか、そういう問題ではなさそうだ。

「ああ。ミハエル様は神形を飲む地域での討伐をしたことがないんですね。カラエフ領では討伐の時に氷の神形を飲む習慣があるんですよ。この辺りでは普通のことで、子供が飲むと体が丈夫になるという迷信もあるぐらいで」

私が戸惑っているとレフが代わりに説明した。

「……本当に？　俺を騙そうとしているわけではなくて？」

ミハエルが疑い深く探ってくるけれど、まったく騙そうなんてしていないので私は頷くしかない。

私はカラエフ領以外の氷の神形の討伐を体験したことがなかったので、逆に普通は飲まないものだということを知らなかった。

「体が丈夫にという辺りは気持ちの問題ですが、氷の神形はただの綺麗な氷なので味も臭いもしませんよ」

子供が飲んでも風邪を引く時は引くし、これで風邪が治るなんてこともない。それでも何度も口にしたことがあるので、毒ではないのは確かだ。

「ごめん。イーシャを疑っているわけではないけれど、初めてだったから。神形って討伐すると姿が保てなくなるのが普通だから、食べるという発想がなくて」

「言われてみると、そうですね」

討伐後も肉体っぽいものが残るのは氷か土ぐらいだけど、土は食べられない……はず。食文化はその土地で違うので、絶対土食がないとは言えないけれど、私は聞いたことはない。

「綺麗な水だし売れないかなと思ったこともありましたけど、まず神形の氷というところにゲテモノ感があったんですね」

「売るって……」

「王都までの距離とコストを考えると無理だとすぐに気が付いたんですけど」

綺麗な氷だし、飲料水でも氷菓としてもいけるのでは？　と思ったけれど、どう運ぶのかという問題がある。氷は溶けるし、水は腐る。特に王都は川も多いから、水不足に悩むことはない。

「何か特産物が作れればいいなと昔から考えていたので。その延長線で考えていたんです」

とはいえ、輸送コストがかかっても買ってくれるものなど簡単に見つからない。簡単に見つかったら、既にご先祖様がその事業を始めて、主要産業が農業のみという状況にはなっていないはずだ。

そんな話をしながら、火をおこしている場所にポットを持っていく。火を貸してもらった私は持ってきた材料で、ササっとスビテンを作った。火おこしをした人達などにも配りつつ、ミハエルにも渡す。

「ささ。毒はないのでぐいっとどうぞ。温まりますから」

「いや。うん。ありがとう」

ミハエルは渡されたコップの中身を凝視していたが、意を決したようにコップに口を付けた。

それを見つつ今度は隅で小さくなっているアレクセイのところへ行く。

「コップ貸してくれる？　スビテン作ったから。アレクセイも飲むわよね？」

「……あっ。姉上、すみません」

先ほどの失敗をひどく気にしているらしいアレクセイは力のない笑顔を浮かべつつも自分のリュックからコップを取り出した。

スビテンを飲むと少しだけアレクセイの顔に血色が戻った気はするが、やっぱり元気はない。怪我は再度確認したけれどなかったので、精神的なものだろう。

私がとやかく言っても、アレクセイのプライドを傷つけてしまいそうなのでそっとしておく。

テント設営の人の方も見てこようかと思ったところで、不意に視線を感じて私は見渡した。誰か飲みたい人がこちらを見たのかと思ったが、特に目が合いそうな人がいない。

「イーシャ、どうかした？」

キョロキョロとしていると少々不審な動きになってしまっていたらしく、ミハエルに声をかけられた。

「……いえ。なんでもありません」

討伐で、少々過敏になっているのかもしれない。野生動物も近寄ってこないのだから、何の危険もないはずだ。気のせいだろう。

その後テント設営なども終わり、それぞれ持ってきた携帯食を食べだした。私もミハエルの隣で一緒に干し肉とカンパンを齧る。

「義兄さん」

談笑しながら食べていると、アレクセイが近づいてきて改まった様子でミハエルを呼んだ。

「……今日は危ないところを助けていただき、ありがとうございました!!」

アレクセイは覚悟を決めたような顔をすると、深く頭を下げた。アレクセイの出した大きな声に、周りも何事だという様子でこちらを窺う。

「討伐ではお互い様だよ。気にしなくていいから」

「き、気にしなくていいと言われても、気にするに決まっています！　僕はあの時、貴方に助けられなかったら死んでいました。それがどれだけ迷惑をかけることになるか。僕は姉上まで泣かせてしまいました」

顔を上げたアレクセイは悔し気に唇を噛み、震えた。目が潤んでいるけれど、それでも涙はこぼれ落ちない。

「自分の未熟さを知りました。僕は、これからもっと鍛えて、もっと経験を積みます。そして今度は僕が貴方を助けられるぐらい成長して、いつかこの借りを返します」

「……うん。期待して待っているよ」

背筋を伸ばし、精一杯の強がりのような宣言に、ミハエルは真面目な顔で答える。すると、周りの大人達が口笛を吹いたり、手を叩いたりした。

その様子にアレクセイが顔を真っ赤にして周りを睨む。

「茶化さないで下さいよ!!」

「いーや。ミハエル様って次期公爵様なんだろ？　それを助けられるぐらいにって、凄いじゃないですか」

「そうだ。そうだ。カラエフ領の未来は明るいぞ」

「これは、お酒を飲んで祝わないと！」

大人達は楽しそうにどんちゃん騒ぎを始めた。それを見たアレクセイは言っても無駄だと悟った様子でため息をつき、私の隣に座る。

「……あれ、ただ自分達が飲みたいだけじゃないですか」

「だね」

カラエフ領の男は酒が好きだ。

そしてちゃっかり誰かがお酒を持ってきていたらしい。いや、全員リュックの底に忍ばせていたのかもしれない。酒を飲んで体を温めるんだと彼らは説明するだろうが、そんなのただの酒好きの言い訳だ。

　カラエフ領には討伐成功に浮かれて酒を飲んで雪の中で眠ってしまい、春の雪解けと共に遺体が見つかったという話があるぐらいだ。この話自体は作り話で、いくら浮かれても酒の飲みすぎには気を付けろよという意味だそうだが、絶対過去にあった事件に違いないと私は思っている。それぐらい彼らは酒をよく飲む。

「ミーシャ、本当にゆるくてすみません」

　武官としては、任務中に酒を飲むなどきっとあり得ない光景だろう。しかしミハエルは楽し気に笑った。

「安全さえ確保すればかまわないんじゃないかな？　今晩は野生動物も寄り付かないだろうし」

　既に酒に飲まれて踊り歌う残念な大人がいたが、寛大な心で許してくれるようだ。

「そうだ。イリーナ様も成人したんだよな。折角だから飲んで下さいよ！」

「ミハエル様もどうぞ」

「えっ。私は、お酒は……」

　断ろうとしたがコップに勝手に注がれて押し付けられてしまった。ミハエルを見れば、彼は押し付けられたお酒を美味しそうにごくごくと飲んでいる。意外にいける口らしい。

「ほらほら。今日はアレクセイの氷龍の初討伐が成功した日なんですから」

成功というには苦いものだっただろうが、それを蒸し返すのは野暮だ。仕方がない。

「なら一杯だけ」

私は注がれたコップに口をつける。

って、これ、辛っ。かなり度数が強い奴じゃ？

そう思ったが、今さら止めることもできずそのまま飲み干し——そこで私の記憶は一度途切れた。

イーシャはあまりお酒を飲まないので、正直飲んだらどうなるのかが気になり、止めなかった。
飲んでみて結構度数が高いなぁと思ったけれど、もしもこれで酔い潰れたなら介抱してあげればいいかと思ったのだ。今日は色々疲れただろうし、お酒を飲んで寝るというのもありかなと。
「……これは想像してなかったな」

お酒を飲んだイーシャはあまり酔っぱらった感じがなかった。

だから結構強いのかなと思ったぐらいだ。しかし、実際は思いっきり酔っぱらっていた。

「さあ、まだまだ行くわよ！」

「もう無理ですって。こ、腰。腰が……」

輪の中心でイーシャが元気よく手を振り上げているが、隣の男は生まれたての子鹿のような動きだ。

「私の注ぐお酒なら、飲めるわよね？　若い女の子に注いでもらえて嬉しいでしょ？」

「お酒は好きですけど、踊りは好きじゃないんです」

「私兵団なら鍛えないと。飲んだら動く！」

そう。イーシャは飲んでダンスを踊り、どっちが長くできるかの勝負をしていた。彼らが踊るダンスは王都ではあまり馴染みがないコサックダンスというものだが、カラエフ領では商人に聞いたとかで、私兵団の訓練に取り入れているらしい。

しゃがんだ状態でテンポよく足を交互に前に蹴り出すシンプルな動きだが、どう考えてもキツイ。せめてこれが板張りの平らな床の上で踊るならマシだろうが、現在は雪がある状態。踏ん張りも利きにくく、さらにきつくなっている。

その状態で、小さ目のコップ一杯のお酒を飲み、手拍子に合わせて踊る。タイミングが合わなくなったり、転倒したりすれば負けというルールでイーシャは勝負を続けている。

「イリーナ様……一体王都でどんな鍛え方してきたんですか」

早々にイーシャとの対決で白旗を上げて俺の隣まで逃げてきたレフが、地獄と化したダンス対決にぼやいた。

「いやいや。普通に花嫁修業していただけだから」

「普通の花嫁にあんなクソ体力ありますか?!」

「……それは、元々あったんじゃないかな?」

普通の花嫁なら、そもそも氷龍の討伐はしない。百歩譲って討伐をしたとしても、疲れた状態で、あんな鬼畜な勝負をして連勝はできないだろう。

まさにイーシャだからとしか言えない。

「少なくとも、俺が知っているイリーナ様はあそこまで人間をやめたような体力じゃなかったと思います。まあ、身体能力は高い方でしたけど」

「へえ」

……修羅場をくぐり抜け、さらにミハエル教の宗教心を暴走させた結果、肉体の限界を超えてしまったとかあるのだろうか。

ミハエル教は世界一とか叫んで踊っているイーシャを見ていると本当に信仰心が高いんだなぁと他人事のように思ってしまう。

そんなイーシャだったが、庭師の男との勝負は中々の接戦となったようだ。元々私兵団員をごぼう抜きしていたので疲れが溜まってきていたし、アルコールも回っていたと思う。

その上で庭師の男の体力も化け物じみていて、彼はキツイ体勢のはずなのに顔色一つ変えなかった。

「ねえ、君達庭師に負けてない？」

「あー。キリルと比べると……本当にその通りですけど、俺達が普通で、王都の武官より劣っていることもないと思いますよ」

確かに。

次期公爵夫人と庭師に体力で負ける私兵団とか色々おかしいけれど、俺から見ても訓練不足と切り捨てるには少々可哀想だ。たぶんここにいる全員、王都の武官をしても遜色ない程度の実力者だと思う。

「彼のこと何か聞いている？」

「いえ。イリーナ様が結婚式を挙げられる少し前ぐらいにカラエフ領に来たんですけど、あまり人付き合いが好きではないらしくて交流がないんですよね。伯爵家で会っても無口で挨拶ぐらいしかしないですし。ここまで討伐ができるのも今日初めて知ったぐらいですから」

そう言ってレフは肩をすくめた。

「何で庭師なんかやっているんでしょうね。植物に詳しいのは確かみたいですけど。山でキノコとか採っていましたし」

レフとそんな話をしていると、とうとうイーシャが座り込んだ。隣で庭師の男も座る。それなりに庭師も体力を使ったようで、肩で息をしていた。……というかそもそも、氷龍の討伐後にやるような勝負ではない。

俺はイーシャを介抱するために彼女の方へ近づいた。

「イーシャ大丈夫？」

「ううう。ミハエルさまぁ」

俺が声をかけるとイーシャは頬を紅潮させ、潤んだ瞳で俺を見上げた。……どうしよう。可愛い。もの凄く可愛い。

さっきまで、少々ドン引きするような体力だったけど、そんなことどうだっていいレベルの可愛さだ。

「ごめんなさい。ミハエル教の使徒として、勝ち進み、ミハエル教こそ最強だと知らしめたかったのに、負けてしまいました」

「うん。……可愛さは、イーシャが優勝だから大丈夫だよ」

何故ミハエル教が最強だと知らしめる話になったのかさっぱり分からないけれど、相手は酔っぱらいだ。なので色々スルーして、可愛いことだけ褒めておく。

ぐったりと俺に身を任せてくれるところもいつもとは違って新鮮だし、なにより可愛い。

「優勝？」

「そう。優勝だよ。イーシャの可愛さは世界一だよ」

「よかった……」

ふわっと笑ったイーシャは、次の瞬間がくっと目を閉じ体の力を抜いた。その姿に一瞬ドキッとしたけれど、規則正しい呼吸音からして、アルコール中毒とかではなく、ただ寝落ちしただけだろう。あれだけ動けば無理もない。

それに倒れているのはイーシャだけではない。アレクセイを始め、皆屍（しかばね）状態だ。生き残っているのは、俺とレフと庭師のみ。

「……何はともあれ、お疲れ様」

ツッコミしかできないような状況だったけれど、俺はイーシャの額にキスを落とす。ふにゃりと笑ったイーシャは安心しきっていて、やっぱり可愛いなと再認識したのだった。

翌朝。
朝日の眩（まぶ）しさに目を覚ました私は、自分の現状がよく分からなかった。えっと……あっ、討

伐してそのまま野営したんだっけ。そう思うが寝た記憶がないため、何だか変な感じだ。

それにとてもお酒臭い。

「あっ。イーシャよかった。気分が悪いとかない？　ほら、水を飲んで」

もぞりと起き上がると甲斐甲斐しくミハエルがお水をくれた。凄く水が美味しいけれど、何故だろう。何か忘れてはいけないことを忘れているような不安が……。

しかし思い出そうとしても軽く頭痛がするだけで出てこない。

「イーシャ、昨日のこと、覚えている？」

「……討伐をして、野営が決まったことまでは」

「お酒を飲んだ後は？」

「お酒……ですか？」

そう言えば、成人しているんだからと受け取ったような……。チラリとそんな場面が蘇るが、その後どうなったかが分からない。すこんと記憶が抜け落ちている。

「うん。そっか。イーシャって飲むとああなって記憶が飛ぶんだね。イーシャは世界一可愛いと再認識したけど」

私が覚えていないと感づいたらしいミハエルが遠い目をしながら語る。えっ……何やったの、私。飲んでそのまま酔い潰れて寝たんじゃないの？

というか可愛いと語るにはとても微妙な表情していますよね？

「イリーナ様、容赦なさすぎですよ」

「よ、容赦ない？」

「鍛錬の足りなさを感じました。年もあるかもですけど」

「た、鍛錬？」

何をした。私。

本当に、何をした。私。

「姉上は凄いと僕は再確認しました」

一体何が凄かったというのか。

周りの私兵団の人達が、妙にくたびれているのは、討伐の疲れだけとは思えず、さあああっと青ざめる。

「……禁酒します」

そう言えば昔職場で、冗談で飲まされた後も周りの様子がおかしかった。男性の同僚に妙に怯（おび）えられたというか。それもあって、もう飲まないと思っていたのだ。成人したから、そんな悪酔いはしないと思っていたけれど……何か黒歴史が刻まれたらしい。

よりにもよってミハエルの前で。最悪だ。

「楽しいから、たまにはいいんじゃないかな？」

やさしくミハエルが言ってくれたけれど、楽しいからはまったくフォローになっていない。

そもそも、本当に私は何をしてしまったのか。聞くのすら怖い。

「嫌です。絶対、絶対、もう飲みません」

私は二度とミハエルの前で黒歴史を作らぬために、禁酒を心に誓ったのだった。

終章：出稼ぎ令嬢の帰途

野営を終えた私達は、軽く朝食を摂った後テントを片付け、下山を開始した。行きに積もっていた雪はほぼ解けている。さらに氷樹（アイスツリー）もすべて水になったようで、下山中は確認されなかった。やはり氷龍（アイスドラゴン）の出現により、色々季節が狂っていたようだ。

雪が解けたことによりドロドロになった山道は、足を取られないように逆に気を使ったが、幸い誰も転ぶことなく全員無事に下まで下りることができた。氷龍との戦いで負傷した人も、多少の打ち身と切り傷で済んでいるので、ほぼ完璧に近い討伐だ。

それを国の支援なし、領民の借り手なしの状態で成し遂げられたのを見届けると、自分がいなくてもカラエフ領は大丈夫だと素直に思えた。この先は、国からの支援が入る上に、農作業が終われば農民も討伐に加わってくれる。

今後も父は討伐に参加できないだろうが指示を的確に出してくれるだろうし、状況に応じてキリルが討伐に加わってくれるだろう。色々疑問は残るけれど腕は確かだ。それに先々代を知っているために伯爵なのに討伐に参加しないなんてと陰口を叩（たた）く人はほとんどが現役を引退してしまっている。今は父の顔を立てて、ちゃんと指示に従ってくれるレフが私兵団の団長で何の心配もない。

　家に着き、父に今回の討伐についてアレクセイとミハエルと一緒に報告していた私は、なんだかすっきりとしていた。私がいなくても大丈夫だけど、いつまでもここは私の故郷には変わりないことも認識できたからだろう。

「ご苦労だったね。……そうだ。ついさっき、グリンカ子爵が宿を出て王都へ向かって出立した連絡が入ったよ。こちらの方もありがとう」

「……思った以上に、出立に時間がかかりましたね」

　ミハエルが警告してから彼は丸一日以上滞在していたということだ。カラエフ領は観光するような場所もないので、一体何をしていたのか。荷物を片付けるにしても、時間がかかっている。

　それでも出て行ったという情報をもらうとほっとする。自分が立ち去った後もあの男が領地にいるのは凄く嫌だ。

「昨日、彼はどこにいたか分かりますか？」

「どうだろう。誰かに尾行させていたわけではないからね。私も宿の女将さんに情報提供をお願いしておいたから出立したことを知っているだけで」

「どうかしたのですか？」

　いなくなったので、めでたしめでたしだと思うのだけど、ミハエルは眉間にしわを寄せどこか難し気な顔をしていた。

「実は討伐の時に妙な視線を感じてね。氷龍が出現している場所には野生動物も近寄らないはずだからおかしいなと思ったんだ」

「あっ。ミーシャも視線を感じたんですね。私は討伐が終わった後でしたけど」

討伐中はそっちに集中していたので、視線など気にしている余裕もなかった。

「僕は気が付きませんでした……あっ。でも、私兵団のところに向かう時に誰かに後をつけられている気がしました」

「えっ。大丈夫だったの?!」

それは初耳だ。やっぱりあの変態、絞めておくべきだった。

「キリルも一緒でしたから。それに視線を感じただけで、特に何もしてはこなかったので、僕も正当防衛として相手を殴ることができませんでした」

アレクセイに何かしたらただではおかないと思ったけれど、キリルの強さとアレクセイの容赦のなさを考えると、私が出る幕もなくグリンカ子爵は大変な状態になりそうだ。

逆にアレクセイが犯罪者にならなくてよかったかもしれない。

「どちらにしても、イーシャに何もなくてよかったよ」

ミハエルは私の肩を抱き、頭に頬ずりをする。少々心配性すぎる気がしたけれど、心配されて悪い気はしないので、ミハエルの好きなようにしてもらう。

「私としてはアレクセイがあの男の毒牙にかからなくて本当によかったです」

「えっ……毒牙？」

父がギョッとしたような顔をした。でもそれぐらいグリンカ子爵の視線は警戒したくなる視線だったのだ。もしもがあっては困る。

「はい。あの人、たぶん幼女趣味なだけじゃなく、男色家でもあるのではないかと思いまして……」

「えっ……幼女……男色……」

父が狼狽えたように視線を彷徨わせた。

特殊性癖の変態に目をつけられていたことを今さら聞いたところで、気持ち悪いなと思うだけで特になんてことはないけれど、父は気にしているようだ。男色家という言葉ももしかしたら教育に悪いとか考えているかもしれない。

アレクセイも王都の学校に行っているのだから純粋培養でいられるはずがないし、既に色々汚い言葉も覚えている。今さらだ。

「とにかく子爵の件もなくなりましたし、氷の神形の討伐も何とかなりそうなので、私としては安心しました」

「そ、そうか。それなら、よかった……」

「でも、まあ。相変わらず農業しかなくて貧乏なのは心配なんですけどね」

地道に借金も返せたけれど、カラエフ領の主産業が農業だけなのは、やっぱり今後を考えると心配は心配だ。今すぐどうにかなる問題ではないけれど。

「それなんだけど、前にイーシャ、カメラが欲しいと言っていたよね？」

「はい。是非!!」

カメラの件は若干（じゃっかん）忘れられていないだろうかと思っていたけれど、流石（さすが）はミハエル様。ちゃんと覚えていて下さった。

何故このタイミングでその話題を出すのかは分からないけれど、でも欲しい。ミハエル様を写真で残していくのは神が私に与えた命題だ。

「それでね、折角（せっかく）だしカラエフ領で、カメラの開発をしてみたらどうかな？　今は海外製しかないけれど、たぶんこれから需要が出てくると思うんだ。例えば手早く色付きの写真が残せるようになれば、神形を見たままに記録することができるよね。今はカラエフ伯爵の頭の中にしか雪童（スノウチルドレン）の違いが残っていないけれど、写真で残せば誰でも知ることができる」

ミハエル様のそのままのお顔が後世に残せて素晴らしいなどと考えてしまってすみません。

ミハエルの話は私が思っていたより、もっと真面目（まじめ）な話だった。

「確かにできたら嬉（うれ）しいですけど、この国で作れるものなのですか？」

「その辺りは、公爵家の人脈を使って、異国から講師を招いたらどうかな。簡単ではないけれど、決してできないとは思わないよ」

私はカメラを使ってみたいと思っていたけれど、カメラの構造などさっぱり分からない。だからミハエルが言うことが実現可能なことなのか判断もできない。

ただし神形に関しては、冬の訪れが早まる予測を父以外の人もできれば、他の土地でも氷龍を早期発見して討伐できるかもしれない。たとえ早期発見できなくても、冬への備えはできる。そうすれば餓死者も減るだろう。

そう思うとカメラの開発は急務だし、様々な需要も見込める。

「それは僕も考えていました。姉上が欲しがっているというのもありましたが、もしも今あるものよりも精密なレンズを作れたら付加価値がつくので、移送に多少のお金がかかっても売れるんじゃないかと。でもカメラごと開発できれば、それに越したことはないですね」

まさか、アレクセイもミハエルと同じことを考えていたとは。

アレクセイはカメラ開発にかなり意欲的なようだ。

「元々援助をする約束だし、カラエフ伯爵の記憶力はお墨付き（すみつ）きだし、君も記憶力がいい方だと聞いているよ。だからまずはカメラを分解して研究してみたらどうだろう。俺も全面的に協力するから」

「はい。よろしくお願いします」

アレクセイは素直にミハエルに頭を下げた。

頭の中で色々計画が立っていっているのか、目がキラキラしている。

「カラエフ伯爵もよろしいでしょうか？」

「アレクセイがやりたいのなら、私はかまわないよ」

父の了承も出て、アレクセイは嬉しそうだ。

それにしても私のカメラが欲しいという話が、まさかカメラを一から領地で作れるようにするという話になるなんて。かなり壮大なことになってしまった。正直大丈夫だろうかという不安はある。

でもアレクセイとミハエルがタッグを組めば、何となくすべての歯車が嚙みあって、上手くいく気がした。

「ミーシャ、ありがとうございます」

「カメラは婚約する時の約束だったからね」

ミハエルはパチッとウインクする。相変わらず様になってカッコイイ。こんなカッコイイ人と一緒に人生を歩んでいけるなんて私は幸せ者だ。

「色々安心しましたし、その……そろそろ王都の私達の家に帰りませんか？」

私が心配だから実家に帰りたいと言ったためにここにいるのだから、こんなに早く王都に帰りたいなんて言ったら我儘な気がする。

それでも、もうここには、私がやるべきことはない。そう思った時、ふと帰りたいなと思った。そして帰りたいと思った場所は王都の邸宅だったのだ。いつの間にか私の中でも、私の家はあそこらしい。

ミハエルにそう切り出すと、彼はぱあぁぁぁっというような音声が付きそうな満面の笑みを浮かべた。

「うん。帰ろう！　俺達の家に!!」

そう言いながら、ミハエルは私を抱きしめて顔にキスを降らせる。どこにそこまで喜ぶポイントがあったか分からないけれど凄く浮かれている。でも待って欲しい。ここには父も弟もいるのだ。

「み、ミーシャ。待って」

「義兄(にい)さん!!　貴方(あなた)のことは認めましたが、場所だけは考えて下さい!!」

私の叫びと、弟の怒声が響き渡る。

イリーナ・イヴァノヴナ・バーリンの毎日は、これからもまだまだドキドキとハラハラが続くようだ。

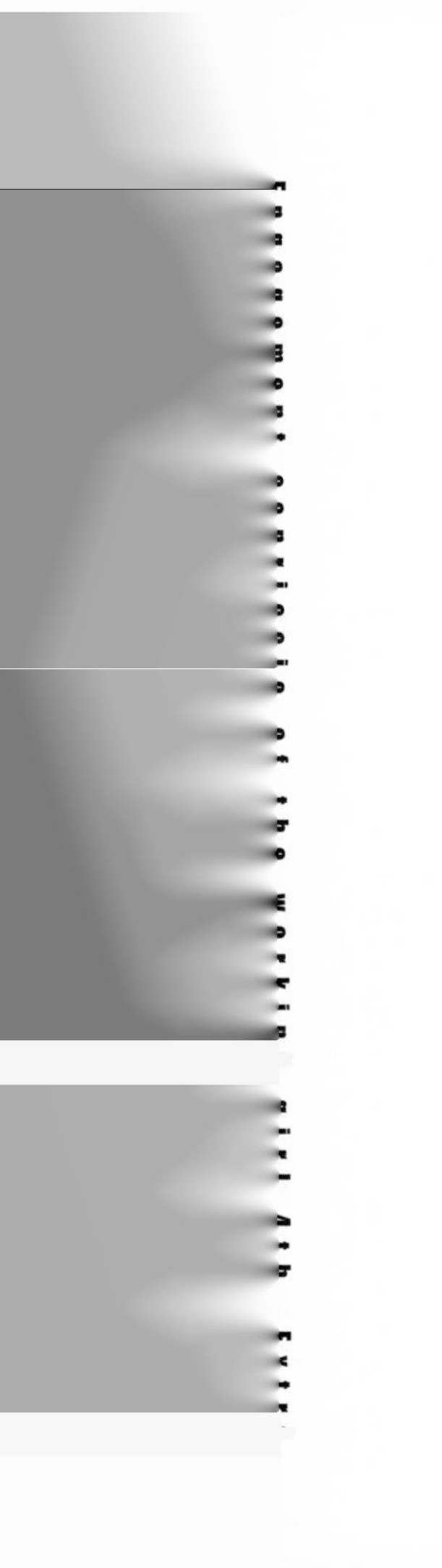

「イーシャ、早まってはいけない」

私がペーパーナイフを片手に構えていると、その姿を目撃したミハエルが第一声で私の行動を咎めた。

「み、ミハエル……」

集中していたため、ミハエルが近づいていたことに気が付くのに遅れた私は、慌ててすぎてカランとペーパーナイフを手から取り落とす。

「きゃあ!! ミハエル様がっ?!」

私は落ちた先にあるものに気が付いて叫び声を上げた。大慌てで触るが傷は見当たらない。幸いにもあまり切れ味がよくないペーパーナイフだったようだ。ミハエル様のお顔や体を傷つけずに済んで、ほっと息を吐く。

「よ、よかった。ミハエル様の顔に傷がついたら、もう、命をもって償うしか――」

「やめてね。ようやく無事に結婚できたのに、速攻で妻が自殺するとか、冗談でも許せないからね」

ペーパーナイフを再び握ろうとした私の手を、ミハエルは握り、とても真剣な目で私に訴えた。

「……すみません」

悲し気な色をした青い瞳に、私は罪悪感を覚え素直に謝る。ミハエル様に懺悔(ざんげ)するためにミハエルを悲しませるのは、私も本意ではない。

「分かってくれたならいいんだ。それでね、イーシャは結婚式の写真を前に何をしていたのかな？」

「え、えーっと。その、つい、いらないものを排除したい衝動にかられまして……」

「いや。この写真の何処(どこ)にいらないものなんてあるのかな？」

机の上に置かれた写真は結婚式の写真だ。出席者全員で撮った集合写真や、ミハエルが大きく写った写真が置かれている。

「えっ。この美しくもカッコイイミハエル様の横にあるじゃないですか。最も美しく見える角度で撮られた至高の一枚なのに、その横でミハエル様の一部を隠す不純物が」

「お願いだから自分の写った部分をいらないもの扱いしないで！」

ミハエルの言葉に私はへらっと笑った。そう。私が除去しようとしたのは、ミハエル様以外の部分。つまり私だ。神様を前に人一人消すのなんて簡単だなんて思ったけれど、ミハエルにとっては許しがたい行為だったようだ。

「そもそも、写真は大切な思い出だよ。削ったりできるようなものじゃないから。その危険なものはしまおう」

「……そうですね。このナイフ、少々切れ味がよくないので、誤ってミハエル様に傷がついたら大変ですものね」

そうじゃないとミハエルの顔には書いてあったが、私がペーパーナイフをしまう方が優先だったようで、手放すとほっとした顔をした。

「よかった。数少ないイーシャの写真が減ったら、今度こそイーシャ単体で複数枚撮って、寝室の壁中に飾るところだったよ」

「なんでそうなるんですか。そんな無駄金使ってはいけません。撮るなら、ミハエル一択に決まっています」

「既に寝室に一枚俺の肖像画を飾ることを許したのだから、そこはイーシャが譲ってよ。次にイーシャの数少ない写真を傷つけたら、本当に実行するから」

ミハエルが本気であると悟った私は、結婚式の写真は加工しないことを心に決めた。寝室の肖像画をはがされるのも嫌だけど、それを超える私の写真が飾られ、毎日私に見つめられ続けるのはもっと嫌だ。

「えーっと。あっ、これ、出席者みんなで撮った写真。えっと、これを見ると思い出しますよね。沢山人を呼んで素敵な結婚式でしたよね」

私は嫌な想像を打ち消すため、慌てて集合写真を見せて、話をそらした。それに結婚式が楽しかったのは嘘ではない。

「特に母の友人であるイザベラ様に晴れ姿をお見せできて嬉しかったです」

「そうだね。イーラを泣かせたら、今度こそ自分がもらうって、とんでもない宣言をされた、素敵な結婚式だったね」

「……あ、あれは、イザベラ様の冗談ですよ」

結婚式でのことだ。イザベラ様は自分の後継ぎである青年と私を結婚させようと考えていたことを打ち明けて下さった。しかしそのことを父が私に話す前にミハエルが知ってしまい、強引に私と婚約したいと申し出たそうだ。

その結果私は神と崇めていた人と結婚することになった。イザベラ様の好意を無下にしてしまったので申し訳なくなったが、イザベラ様は我ながらいい仕事をしたと言って下さった。しかしいい仕事ついでにミハエルにまで暴露し、もしも泣かせたら今度こそ自分の後継者と結婚させると言ったのだ。

イザベラ様の後継者だっていつまでも未婚でいられるはずがないので、あれは結婚式の場だからこその冗談である。しかしミハエルにはこの手の冗談が通じず、必要以上に警戒されてしまった。

「いいや。あれは冗談を言っている目ではなかったよ」

「イザベラ様は、私のもう一人の母のような人なので……少々心配性なのでしょうね」

私はミハエルから目をそらし、別に話題を探す。冗談に対していつまでも絡まれるのも困る。

「ええっと。あっ。正式に私の両親をミハエル様や義父母に紹介できたのは良かったですよね」

人見知りの激しい父の胃は限界突破していた可能性が高いけれど、公爵夫妻は楽しそうに会談して下さった。

「俺もイーシャのご両親とお話しできたのはよかったと思うよ。イーシャの規格外の原因の一端も分かったし」

私はそんなに規格外ではないと思うのだけれど、ミハエルが遠い目をしていたので、否定はやめておいた。誰しも主観と客観が違うものだし、生きる場所によって常識は変わる。貧乏伯爵家の常識が公爵家の常識と同じになるはずがないのだ。

「えーっと、あとはミハエルの職場の方も来て下さっていましたね。少し不安ではあったのですが、男のふりして王女様の護衛をしたことを知らない方だったのでほっとしました」

まさかミハエルの職場の部下が父の知り合いとは思わなかった。

そしてもしもこの方が男のふりをして——の辺りのことを知っていて父に話した場合、高確率で式中に父が倒れただろう。新婦の父親が倒れ、ミハエルの同僚が驚き叫び秘密を暴露する……悪夢の結婚式だ。そんなことにならなくて本当によかった。

「いっそ副隊長が知っていたら、俺の男色家疑惑が今度こそ根こそぎ消えたんだけど……。いや。やめよう。嫌な予感がする。イーシャは今後も俺の職場の人物には極力接触しない方がいい気がする」

ミハエルは何かを予感したらしい。そもそも未来の公爵夫人が脳筋系で、さらに常識外なことをしてしまった事実はきっちり隠した方がいいと思う。

「でも流石公爵家ですよね。王太子殿下がご出席されるとは思いませんでした」

「来なくてもよかったんだけど、流石に声をかけないわけにはいかなかったからね」

面倒臭そうに言うけれど、ミハエルにとって王太子殿下は親友とまではいかなくても悪友のような幼馴染な関係だ。親しい仲だからこその悪態だということは分かっている。

私が趣味でミハエル様情報を集めていた時、常に行動を共にしていたために、王太子殿下の情報も自然に入ってきていた。ただあまりに一緒にいることが多いせいで、ここからミハエルの男色家疑惑の噂が始まっていた。王太子殿下に対して男色家云々なんていう噂を流せば不敬罪となるため、ミハエルを主語として、まことしやかに女性達の中で広がってしまったのだ。今後も王家との付き合いはあるだろうし、下手に不仲になるような情報は開示しない方がいい……よね。うん。内緒にしておこう。

それに次の夏には王太子殿下も結婚するので、今度こそあの噂は消えるだろう。

「ともあれ、無事に俺は結婚できてよかったよ。流石にしばらくは王子だって新婚生活を邪魔しないだろうし。それに冬に長期休暇を取る予定だから、春の水の神形討伐まではゆっくりできるはずだよ」

「氷の神形討伐は大丈夫なんですか？」

でもよく考えれば、今年の冬もミハエルはバーリン領の雪祭りに参加していた。

「酷い冷害が予想される年はそうも言っていられないけれど、公爵家嫡男だから融通が利くんだ。基本的に討伐部は秋に交代で長期休暇をとるからね」

「へぇ。そうなんですね」

確かに秋は神形の出現が少ない季節だ。

だったらミハエルと春まではゆっくりとできそうだ。

この時の私はまさか私の実家に一緒に行くために秋に長期休暇を使ってしまったことで、冬の長期休暇を失い、新婚なのにと泣きながらミハエルが泊まりがけの仕事に向かうのを見送ることになる未来が訪れるなど知る由もなかった。

あとがき

こんにちは。『出稼ぎ令嬢の婚約騒動4』を手に取っていただき、ありがとうございます。二巻でも三巻でも、まさか続きを書かせてもらえるとはとあとがきで書いていましたが、まさか、まさかで四巻まで書かせていただけました。これも皆様の応援のおかげです。ありがとうございます。

さて、すでに三巻で結婚式をあげ、婚約者ではなく妻になってしまったイリーナですが、四巻は一巻に出てきていた婚約に関する騒動からの話を書かせていただきました。一巻から冬、春、夏、と書き、とうとう秋の物語です。

そして四巻ではなんとミハエル様とイリーナの共同作業、嬉恥ずかし氷龍の討伐を書けました。一巻で最終的に主従愛へと進化を遂げていたイリーナですので念願かなって良かったねという感じですが、ピンナップの絵を見ると、イリーナの戦闘能力が一人おかしくて笑えます。二巻の時も思いましたが、安野メイジ（SUZ）先生の美しい絵ではっちゃけイリーナを描いていただくと、腹筋が崩壊します。本当に、いつもありがとうございます。

今回も色々裏話を話したいところですが、どの辺りならば書いても大丈夫なのか悩みます。そもそもこの四巻、最初はもっとネタを詰め込みに詰め込んで暗く重い話になっておりました。それを光の方向に向けマイルドに仕上げ直し、できました。出稼ぎ令嬢のお話は明るく楽しくをもっとうにしたお話なので、なんとか明るい話になってよかったです。

そして四巻を書いている前から気づいてはいたのですが、ミハエル様二巻の時も一巻の時もカラエフ伯爵家に遊びに来ておりますね。とんぼ返りでも移動で一週間近くは休みを必要とする距離です。公爵家嫡男だからこそできる休み方ですね。羨ましい。

しかし書類業務が残念な人しかいない部署に所属しているので、帰ってきてからが大変だっただろうなと思います。普通ならば、こういうのは残された部下が苦労するという話でまとまるのでしょうが、あの副隊長なので、きっちり書類業務はミハエル様に残しておいてくれると思うんですよね。手伝ったら余計に仕事を増やしそうとか言って。現場指揮ならお任せ下さいといい、帰ってきたミハエル様にたんまり書類仕事を残して、颯爽と討伐しに行っているだろうなと思います。高スペックなのでミハエル様は対応できてしまうのでしょうが、そのストレス発散のため、妻自慢を部署で永遠にしているのかもしれません。ストレスがなくても、話していそうですが。

イリーナは結婚してから、日中何をしているのかなと考えてみたのですが、筋トレと刺繍は欠かさずしていそうです。後は姉妹とお喋りしながら茶会のやり方を学び、貴族の方々の名前や関係図、さらに各領地の特産物などをお勉強し、体力づくりの一環でダンスは続けていそうだなと思います。動いていないと死んでしまう回遊魚のように、イリーナは何だかんだ動き回っているイメージです。

冬になったら仲良くなった使用人たちに黙っていてもらい、こっそり使用人に混じって雪かきをしてそうだなとも思います。元々豪雪地帯出身な上に雪かきなれしているので、イリーナを止めようとした使用人よりも効率よく雪かきをしそうですね。そしてイリーナに負けていられないと思った使用人がドンドンスペックアップしていったら笑えます。最大のライバルは次期公爵夫人とか、ふと正気に戻った使用人が頭を抱えていそうです。

そして今回の話でライバルというか、イリーナが越えなければならない壁になってしまった公爵家私兵団の皆さまはご愁傷さまです。でもきっと彼らはスペックアップしていってくれると信じています。そして公爵家の訓練を見た人は、これで納得していないなんて、流石は公爵家、レベルが違うと思うことでしょう。実際は、若奥様が倒せないという前代未聞の状態になっているとは知らずに……。

ミハエル様と結婚したことにより、どうしてこうなったと頭を抱える人が増えそうですね。でもミハエル様は楽しんでいそうですし、公爵家の人達の無茶振りに慣れた使用人もそのうち慣れる気はします。さらにオリガ辺りはテーブルクロス引きをマスターしそうだなと思います。

後はイリーナに絵の勉強をさせてあげたいですね。きっとミハエル様の宗教画が量産されることでしょう。飽きることのない楽しい毎日を送れそうですね。

ではミハエル様とイリーナについて語ったので、この辺りでまとめに入らせていただきます。担当H様。いつもご配慮ありがとうございます。四巻でも色々相談にのっていただき、無事に書き上げることができました。

安野メイジ（SUZ）先生、今回の表紙の周りに愛妻を見せつけるミハエル様の表情にハートを打ち抜かれ、ピンナップでは笑わせていただきました。ありがとうございます。

そして最後に、この本を手に取って下さった皆様、本当にありがとうございます。

現在ゼロサムオンラインでNRMEN先生にコミカライズしていただいております。これも皆様の応援のおかげだと思っております。漫画のイリーナも可愛く、そして面白く、まだ読んでいない方は是非読んで下さると嬉しいです。

四巻ともども楽しんでいただけたら幸いです。

IRIS ICHIJINSHA

出稼ぎ令嬢の婚約騒動4
次期公爵様は新婚生活を邪魔されたくなくて必死です。

2021年12月1日　初版発行

著　者■黒湖クロコ
発行者■野内雅宏
発行所■株式会社一迅社
〒160-0022
東京都新宿区新宿3-1-13
京王新宿追分ビル5F
電話03-5312-7432（編集）
電話03-5312-6150（販売）
発売元：株式会社講談社
（講談社・一迅社）

印刷所・製本■大日本印刷株式会社
DTP■株式会社三協美術

装　幀■世古口敦志・前川絵莉子
（coil）

ISBN978-4-7580-9414-6

この本を読んでのご意見
ご感想などをお寄せください。

おたよりの宛て先

〒160-0022
東京都新宿区新宿3-1-13
京王新宿追分ビル5F
株式会社一迅社　ノベル編集部
黒湖クロコ 先生
安野メイジ（SUZ） 先生